Christian von Kamp · Farbige Steine

Christian von Kamp

Farbige Steine

Roman

WoWi

© Christian von Kamp, Düsseldorf 2002
Herstellung: Books on Demand GmbH, Norderstedt
Printed in Germany · ISBN 3-8311-4159-2
WoWi Verlag

Wie oft geht einem erst nach Jahren der Sinn eines Geschehens auf, das zunächst als Unglück angesehen wurde. Manchmal denke ich, mit der Erkenntnis des Sinnes ist es wie mit einem Mosaik, das sich nach und nach zusammensetzt, bei weitem nicht vollständig, aber vielleicht doch so, daß sich, wo anfangs nur wenige farbige Steine wie ungeordnet herumlagen, schließlich der Aufbau des Bildes erahnen läßt.

.

I.

Soweit ich mich erinnern kann (die Richtigkeit dieser Erinnerung wurde später in der Psychiatrie bezweifelt), wuchs ich, als einziges Kind meiner Eltern, ganz normal in Düsseldorf auf. Vater war Studienrat, Mutter versorgte den Haushalt. Während Vater ein heiterer Mensch war, dem mühelos die Sympathien zuflogen, tat Mutter sich, obgleich sie sich bedingungslos für die Familie einsetzen konnte, anderen Menschen gegenüber schwer und wurde von ihnen auch weniger geliebt. Wie ungerecht scheint doch das Leben zu sein.

Ich glaube kaum, daß Mutter bei meiner Erziehung nach bestimmten pädagogischen Grundsätzen vorging. Ihr lag vor allem daran, aus mir einen anständigen Menschen zu machen.

Soweit das Wetter es erlaubte, spielte ich mit meinen Kameraden im Garten unseres Hauses, und Mutter schaute manchmal vom Küchenfenster aus nach uns. Überhaupt war einer von den Eltern immer in meiner Nähe und für mich da, wenn ich ihn brauchte; so fühlte ich mich weder alleingelassen noch störend beaufsichtigt. Sie verwöhnten mich in keiner Weise und räumten mir auch nicht die Schwierigkeiten aus dem Weg, die nun einmal zum Leben dazugehören.

Vater, dem die Bildung junger Menschen besonders am Herzen lag und der gerade wegen seiner Erziehungsideale den Beruf des Lehrers ergriffen hatte, bemühte sich, mir die Bedeutung von Ordnung und festen Werten zu vermitteln. Dabei ging er keineswegs planmäßig vor; weil er selbst aber fest in seinen Ansichten gegründet war, konnte er mir bei vielen Gelegenheiten zwanglos eine Lehre erteilen. Vor allem beeindruckte Vater mich durch sein persönliches Beispiel, wie er lebte, was er tat.

Aus langjähriger Berufserfahrung wußte er, daß jedes Kind andere Anregungen aus der Umwelt in sich aufnimmt und daß sich hierbei unterschiedliche Begabungen herausbilden. Daher brachte er mir vieles einfach dadurch bei, daß er meiner Neugierde nachspürte und auf sie einging. Als ich etwa vier Jahre alt war, gab er mir ein Buch mit Abbildungen von Meisterwerken europäischer Malerei. Ich schaute mir die Bilder mit Begeisterung an und genoß es, immer neue Einzelheiten auf ihnen zu entdecken. Oft saß ich lange Zeit über dem Buch, blätterte die Seiten vor und zurück und stellte meinem Vater Fragen, wenn er gerade an seinem Schreibtisch saß und den Unterricht vorbereitete.

Häufig erzählte Vater mir auf Wanderungen Geschichten von Wilhelm Tell oder Maria Stuart, den Nibelungen oder der schönen Helena – Gestalten, die dann meine Spiele bevölkerten.

Mutter begann schon früh, mit mir zu beten. Jeden Abend sprachen wir einige Worte zum Jesuskind, zur Muttergottes oder zu anderen Heiligen, die für mich so real waren wie meine Freunde. In späteren Jahren wurden die Gebete immer seltener und blieben schließlich ganz aus.

Die wichtigste Person in Mutters Verwandtschaft war meine Großmutter; sie hielt die Familie zusammen, bei ihr fanden die regelmäßigen Familientreffen an Geburtstagen und hohen Festtagen statt, sie war auch zuständig für alle Glaubensfragen und war unser familiäres Gewissen – jedenfalls dann, wenn wir uns in ihrer Nähe aufhielten. Vor den Mahlzeiten in ihrer kleinen Wohnung hatten wir uns alle im Halbkreis um den Tisch zum Beten zu versammeln; obwohl ich dem schnellen Flüstern kaum folgen konnte, schien es nicht enden zu wollen.

Großmutter war klein und zierlich; sie sprach leise, geduldig, und doch übte sie eine kaum zu erklärende Macht über uns aus. Wir alle hatten das Gefühl, sie nicht verletzen zu dürfen; ihre sanft vorwurfsvolle Stimme tat eine größere Wirkung als Drohgebärden. Vater mied die Familienfeste bei Großmutter; er hielt sich aus derlei Angelegenheiten, die so gar nicht in sein vornehm humanistisch-freigeistiges Konzept paßten, gerne heraus.

*

Zu Beginn der 60er Jahre schafften sich meine Eltern – nicht ohne Neid der Verwandten – ihr erstes Fernsehgerät an. Ich konnte mir nicht „verkneifen", in meinem Freundeskreis damit anzugeben. Was für eine Faszination ging doch von diesem neuen Medium aus, das so viel für die Zukunft versprach. Es war die Zeit des „Wirtschaftswunders", und es ging bergauf, jedenfalls mit dem Materiellen. Wie oft hörte ich damals die Worte: „Es zu etwas bringen!"

Die Zeit der Ersten Heiligen Kommunion nahte. Das bedeutete für mich ein halbes Jahr Vorbereitungsunterricht im Pfarrhaus. Der junge Kaplan verstand es, die Stunden anschaulich und lebendig zu gestalten, aber einige Nachmittage hätte ich dennoch lieber geschwänzt, um mit Freunden zusammen zu sein; doch die Eltern legten großen Wert auf meine Teilnahme. Ich konnte ihren Wunsch nicht recht einsehen, da sie selbst sonntags nicht zur Kirche gingen. Vater las lieber ein Buch oder wanderte, und Mutter mußte den Sonntagsbraten vorbereiten; an hohen Feiertagen allerdings kam sie, festlich gekleidet, mit in die Messe. Ich selbst wurde jeden Sonntag in die

Kirche geschickt, anschließend befragte Mutter mich nach der Predigt. Da es einigen meiner Freunde ähnlich erging, kamen wir auf den Trick, jedesmal einen von uns für den Kirchgang auszulosen, um von ihm die nötigen Informationen für unseren Hausbericht zu erhalten.

Im Laufe der Zeit fand ich immer mehr Gefallen am Kommunionunterricht. Behutsam vermittelte der Kaplan uns einen Begriff von der Bedeutung des Altarsakraments; wir fühlten, in unseren Seelen würde sich Großes ereignen. Ich ging jetzt sogar freiwillig wieder häufiger zur Messe und achtete auf die Liturgie. Je näher der große Tag heranrückte, um so mehr wuchs die Spannung. Auch meine Eltern waren aufgeregt; ihre Sorge galt der Gestaltung der Familienfeier. Wochen vorher schon trafen sie Vorbereitungen, überlegten, welche Gäste einzuladen seien und welche Rücksichten man dabei zu nehmen habe, welche Speisen aufgetischt werden sollten, wen man um Hilfe beim Kuchenbacken bitten könne, und ob die Finanzen auch noch für ein gemeinsames warmes Abendessen ausreichten – bei der Kommunionfeier meiner Cousine vor zwei Jahren waren am Abend lediglich belegte Brötchen serviert worden. Für Mutter spielten natürlich auch Frisur und Garderobe eine wichtige Rolle.

Dann war es soweit. Festlich gekleidet zogen wir in Zweierreihen in die Kirche ein; ernst und erwartungsvoll schritt ich einem wichtigen Ereignis entgegen. Ich erinnere mich nur noch weniger Einzelheiten: der vielen Menschen, des Lampenfiebers, der Stimmen des Chors, welcher engelsgleich ein Ave-Maria ertönen ließ – ja, und vor allem des Augenblicks, in dem wir das Sakrament empfingen. Wie war ich beim Schlucken der Hostie aufgeregt angesichts der Heiligkeit des Geschehens, das sich hier ereignete: Wir durften uns Gott selbst im Sakrament nähern. Und gab nicht die hohe Festlichkeit den angemessenen Rahmen für diese erstmalige Begegnung ab?

*

Im Jahr meiner Erstkommunion lernte ich einige für meinen weiteren Lebensweg wichtige Menschen kennen. Vor kurzem war das Ehepaar Stricker in das gegenüberliegende Haus eingezogen. Diese liebenswerten älteren Leute befreundeten sich bald mit meinen Eltern, und häufig verbrachten wir gemeinsame Abende, an denen Herr Stricker uns mit seinen Erzählungen fesselte. Die Eheleute waren, entgegen ihrem sehnlichen Wunsch, kinderlos geblieben; daher sahen sie mich gern in ihrer Wohnung. Hier fühlte ich mich wohl, berichtete ihnen, was ich den Tag über erlebt und welche Gedanken ich mir gemacht hatte, und lauschte den Geschichten von „Onkel Stricker", wie ich ihn nach kurzer Zeit nannte.

Er erzählte mir von seinen Jugendjahren und von seiner Tätigkeit als Gewerkschafter. Aufgrund der Erfahrungen seiner Kindheit und des Ersten Weltkriegs hatte er sich schon als junger Mann zum Kommunismus bekannt. Aufgewachsen in ärmlichen Verhältnissen, hatte er die Gegensätze zwischen den reichen Herrschaften und den mittellosen Arbeitern beobachtet; es hatte ihn verdrossen, mit ansehen zu müssen, wie die Armen ihr Schicksal für natürlich und gottgewollt hielten, ja den Wohlhabenden, die sie doch ausnutzten und die ihrem eigenen Vergnügen lebten, auch noch ehrfürchtig und mit Bewunderung begegneten. Auch die Kirchen sah er als Mitschuldige an, da sie doch anscheinend bemüht waren, die bestehenden Verhältnisse beizubehalten. Seine Erlebnisse im Krieg hatten sein Empfinden für die Mißstände dieser Welt verstärkt. Da hatte ihm die Lehre von

Karl Marx eine Erklärung für das Unrecht geboten und gleichzeitig die Lösung des Problems gezeigt: Die unterschiedlichen Gesellschaftsklassen sind die Ursache für die ungleiche Verteilung der Güter und Privilegien; der Weg zu einer befreiten, klassenlosen Gesellschaft besteht im Klassenkampf.

Der junge Stricker wurde also Kommunist und kämpfte mit friedlichen Mitteln für die Benachteiligten. Unter den Nationalsozialisten mußte er Schikanen erdulden, kam aber noch glimpflich davon. Nach dem Krieg setzte er sich in einem Stahlbetrieb für die Arbeiterschaft ein und tat viel für die Verbesserung ihrer Lage.

Zu der Zeit, als ich ihn kennenlernte, war er jedoch keineswegs mehr ein linientreuer Anhänger von Marx. Zu sehr hatte er sich Gedanken gemacht, um nicht zu sehen, daß viele der wirtschaftlichen und gesellschaftlichen Bedingungen, die prägend für das 19. Jahrhundert gewesen waren und darum gewisse Änderungen gerechtfertigt hatten, heute nicht mehr bestanden; daß der Lebensstandard der Arbeiter erheblich gestiegen war; daß in den Industrienationen eine Arbeiterklasse im marxistischen Sinn gar nicht mehr vorhanden war, ja daß es streng trennbare Klassen kaum mehr gab, stattdessen eine Massengesellschaft, in der sich ein Arbeiter von einem Beamten oder Kaufmann in Lebensweise und gesellschaftlichen Zielen kaum noch unterschied; schließlich, daß kommunistische Staaten eher ein abschreckendes Bild boten als ein nachahmenswertes Beispiel.

So hatte Onkel Stricker sich als Autodidakt im Laufe der Zeit sein eigenes Weltbild geschaffen, zu dem auch eine gehörige Portion Skepsis gehörte. Doch eine Überzeugung blieb unangefochten: sein Glaube an den Fortschritt der Wissenschaft. Häufig verwandte er angesichts ungelöster Probleme die Worte „noch nicht": Dieser Mechanismus oder jene Erscheinung war „noch nicht" erforscht, aber wenn erst einmal ... Sicher, die Welt barg viele Rätsel, und jede Antwort warf neue Fragen auf; aber auch deren Beantwortung war doch nur eine Frage der Zeit: Schließlich nahmen die Erkenntnisse täglich zu.

Seine Erinnerungen und Gedanken trug Onkel Stricker faszinierend vor und würzte sie mit einer anständigen Portion Humor. Er liebte es, mich hinters Licht zu führen, ohne daß sein Mienenspiel ihn verriet. Nahm das Gespräch ernsthaftere Züge an und berührte eines seiner Herzensanliegen, so konnte er leidenschaftlich werden, und seine sonst eher bedächtige und gemessene Stimme wurde laut und schnell. Er war eben ein Mann, dessen Seele überströmte und der das, was ihn beschäftigte, einfach anderen mitteilen mußte. Es machte mich stolz, daß er mich Jungen für würdig hielt, an seinem inneren Reichtum teilzunehmen. Freilich mußte ich – wie andere auch – in Kauf nehmen, daß er sich in seinem Redefluß kaum bremsen ließ, auf Unterbrechungen ungeduldig reagierte und alsbald seine Erzählung wieder aufnahm, ohne auf Einwendungen näher eingegangen zu sein. Doch was bedeutete dies schon bei dem großen Vergnügen, das das Zuhören mir bereitete.

In vielem stimmte ich Onkel Stricker zu; seine Einstellung zur Religion allerdings wollte mir nicht so recht gefallen. Bei allen möglichen Gelegenheiten kam er auf sie zu sprechen: Sie sei Opium für das Volk und immer schon das Mittel der Priesterschaft und der herrschenden Klassen gewesen, die Masse in Abhängigkeit zu halten. Er wies mich auf Ungereimtheiten in der Bibel und auf die Vergehen einiger Kirchenfürsten hin oder spöttelte über Nachbarn, die einer strengen christlichen Sekte angehörten und einen absonderlichen Eindruck machten.

Später erst dämmerte mir, daß Onkel Strickers ständige Beschäftigung mit diesem Thema und die Hartnäckigkeit, mit der er Gott leugnete und die Religion lächerlich zu machen suchte, Zeichen waren für seine eigene Unsicherheit: Der unausweichliche Tod, dessen Endgültigkeit er immer wieder betonte, drängte ihm Fragen auf, die seine Weltanschauung ihm nicht zu beantworten schien.

So war es verständlich, daß er mit seiner tiefgläubigen Cousine Katharina häufig Streitgespräche führte. Ich lernte sie als 70Jährige kennen, die überaus rege am Leben teilnahm. Wenn sie von einer Sache mit Begeisterung sprach – und das war oft der Fall –, glänzten die großen Augen in ihrem schmalen Gesicht, und das schlohweiße Haar erschien in eigenartigem Kontrast zu dem mädchenhaften Aufleuchten ihrer Züge.

Aufgrund ihrer asketischen Lebensweise war sie spindeldürr: Sie fastete viel und aß kein Fleisch aus Mitleid mit der armen Kreatur. Auch schleppte sie, vor Hunger geschwächt, kiloweise Entenfutter zum Schloßweiher, um – dem heiligen Franziskus nacheifernd – die Tiere vor dem Darben zu bewahren. Onkel Stricker konnte eine solche Handlungsweise nicht verstehen. Oft hielt er seiner Cousine vor, durch das Fasten sei niemandem in der Welt, weder ihr noch anderen, geholfen. Wie jeder echte Sozialist war er erfüllt von dem Bestreben, seinen Mitmenschen Gutes zu tun, und maß den Wert einer Tat an ihrer Nützlichkeit. Im Fasten oder Beten konnte er keinen Nutzen erkennen. Doch Katharina sah ihr Handeln in anderen Dimensionen. Für sie war nicht der irdische Erfolg maßgeblich, sondern der Wille Gottes und seine Ewigkeit, seine Gesetze und Verheißungen. Das Wesentliche sei die Liebe zu Gott, die nicht zerstört werden dürfe durch ständiges kritisches Fragen, welches ja doch sehr bald an die Grenzen menschlicher Bedingtheit stoße.

Dabei begnügte Katharina sich durchaus nicht mit passiver Gefolgschaft. Ja, sie wollte den Willen Gottes erfüllen. Aber interpretierte die Kirche ihn immer richtig, und war sie konsequent genug in der Ausführung dieses Willens? Katharina warf ihr allzu große Milde und Nachsicht vor; einmal trat sie unter Protest aus, kehrte aber kurze Zeit später wieder reumütig zu ihr zurück. Leicht machte sie es sich wahrhaftig nicht bei der Suche nach dem richtigen Weg. Manchmal auch haderte sie mit Gott, zweifelte sogar an seiner Existenz.

Onkel Stricker schätzte seine Cousine sehr, da sie wie er das Spießerhafte und den Egoismus verachtete. Doch wenn das Thema Religion angesprochen wurde, konnte er es nicht lassen, sie ein wenig zu reizen: Triumphierend wies er auf die Schwachstellen in ihrer Argumentation hin, vor allem auf die Vielzahl opportunistischer Kirchgänger, die nicht aus Überzeugung den Gottesdienst besuchten, sondern um gesellschaftlicher oder geschäftlicher Vorteile willen; gerade in den Nachkriegsjahren hatte sich ihre Zahl erstaunlich vermehrt.

Natürlich wußte Katharina, daß ihr Cousin in vielen Punkten recht hatte; ich bemerkte, wie sehr sie darunter litt. An dieser Stelle lenkte Onkel Stricker aus Mitleid meist das Gespräch auf einen anderen Gegenstand; fast jedesmal nahm es eine fröhliche Wendung, eine Flasche Wein wurde geöffnet, die beiden lachten und erzählten sich Anekdoten; wenn Katharina sich dann nach geraumer Zeit verabschiedete, war ihr Gang nicht mehr ganz so sicher wie zuvor.

Dieser hochintelligenten Frau lag viel daran, mich auf dem Weg des Wissens ein wenig zu fördern. Immer wieder riet sie mir, gute Bücher zu lesen; als ich etwas älter war, schenkte sie mir einen Band von Annette von Droste-Hülshoff.

II.

Nach der Volksschule besuchte ich ein humanistisches Gymnasium. Die hellroten Ziegelbauten stammten aus den 50er Jahren; großzügig verteilt auf weiter Rasenfläche lagen die einzelnen, durch Korridore verbundenen Gebäudetrakte. Der ganze Stolz der Schule war die Aula, ein großer lichtdurchfluteter Saal mit heller Eichenholzvertäfelung und elegantem Parkett.

Die Schule lag am Rande eines Villenviertels, durch das mich mein täglicher Schulweg führte. Auch wenn ich nicht gerade angenehmen Gedanken nachhing, wirkte es beruhigend auf mich, vorbei an den geschmackvollen Fassaden zu schlendern und ab und zu einen Blick durch die Fenster zu werfen.

Ich bedauerte es ein wenig, ein reines Jungengymnasium zu besuchen; die Späße meiner Mitschüler, hier nicht mehr durch die Anwesenheit von Mädchen gemildert, kamen mir manchmal allzu plump vor. Andererseits hatte ich das Ehrgeizige und allzu Brave mancher Mädchen nie gemocht und genoß nun die offene Atmosphäre unter „Männern".

Meine Leistungen in der Schule waren guter Durchschnitt. Man legte Wert darauf, daß der Ruf des hohen Niveaus erhalten blieb; ein Befriedigend kostete schon erhebliche Anstrengungen. In einigen Nebenfächern wie Musik oder Religion verlangten die Lehrer uns jedoch kaum etwas ab; natürlich bemühten wir uns dann auch weniger. Wiederholt drückte unser Erdkundelehrer seine Freude darüber aus, daß einige in der Klasse – wider sein Erwarten – die Hausaufgaben erledigt hatten. Unser Religionslehrer wagte nicht einmal, uns schlecht zu benoten, weil er befürchten mußte, wir würden aus dem Religionsunterricht austreten. Er gestaltete ihn daher unseren Wünschen entsprechend, so daß wir kaum etwas über Kirchengeschichte, Theologie oder die Bibel erfuhren, sondern über Homosexualität und die Pille diskutierten.

Statt Geschichte wurde während meiner letzten beiden Schuljahre „politische Bildung" unterrichtet; diese schien uns nützlicher und dem praktischen Leben angemessener zu sein als der überflüssige historische Wissensballast, den die meisten weder im künftigen Beruf noch in der Freizeit würden verwerten können. Die „politische Bildung" immerhin hatte noch einen erkennbaren Zweck: uns als Staatsbürgern die Entwicklung der Demokratie während der Menschheitsgeschichte zu verdeutlichen, wobei als Schwerpunkt die Zeit seit Bismarck herangezogen wurde.

Herr Krüger, unser Deutschlehrer während der ersten Jahre, hat von allen Lehrern den nachhaltigsten Eindruck auf mich hinterlassen. Mit seiner hohen und schmalen Gestalt, seiner fast durchsichtigen Haut, der langen, spitzen Nase und den feingliedrigen Händen wirkte er beinahe zerbrechlich, und doch flößte gerade er uns den meisten Respekt ein. Inwieweit seine natürliche Autorität durch die Anwendung gewisser pädagogischer Kunstgriffe verstärkt wurde, kann ich nicht beurteilen; jedenfalls beherrschte er meisterhaft die Sprache: Trug er einen Text vor, wurde seine tiefe Stimme leiser und leiser, bis er fast nur noch flüsterte. Wir saßen dann wie gebannt auf unseren Holzstühlen; mäuschenstill war es im Klassenraum, so daß selbst die Jungen aus der letzten Reihe die Worte deutlich vernahmen. Durch nur geringfügige Änderung des Tonfalles wies er uns in seiner Rede auf besonders wichtige Stellen hin. Meist klang seine Stimme gütig und herzlich, behutsam und verständnisvoll; wurden jedoch einige von uns allzu übermütig, dehnte er sie nur leicht, und wir verstummten.

Ganz im Gegensatz zu unserem Biologielehrer – der häufig im Unterricht seinen Zorn austobte und uns anschließend erklärte, der Mensch dürfe, wolle er nicht erkranken, seine Aggressionen nicht aufstauen, sondern müsse sie abreagieren – ließ Herr Krüger sich selten zu ungewollten Reaktionen hinreißen. Dabei war er durchaus keine fischblütige Natur; er sprach begeistert von den Schönheiten des Daseins und sorgte sich ernsthaft wegen gewisser politischer und kultureller Entwicklungen.

Ausgeprägt war sein Pflichtgefühl. Er hatte sich vorgenommen, jeden einzelnen von uns reicher ins Leben zu entlassen. Unter Bildung verstand er neben der Wissensvermittlung vor allem die Formung des Charakters.

Auch unser Mathematiklehrer, Herr Frohn, bemühte sich redlich, uns zu anständigen Mitgliedern der menschlichen Gesellschaft zu erziehen. Er war einer jener Menschen, die durch kleine Ungeschicklichkeiten und Umständlichkeiten ein wenig lächerlich wirken. Seine unsichere Art reizte uns natürlich besonders, ihn zu ärgern. Wenn er dann seine Beherrschung verlor und laut wurde, wußten wir, daß wirklich Schlimmes nicht zu befürchten war: Im Grunde war er uns wohlgesonnen. Schnell schenkte er uns erneut Vertrauen, um bald darauf abermals Opfer zu werden.

*

Das Ziel unserer Klassenfahrt im 10. Schuljahr war London. Zu unseren Begleitern gehörte auch Herr Krüger.

Wir saßen zu sechst im Zugabteil, unter uns Rüdiger,

mit dem ich seit zwei Jahren befreundet war. Seine Familie war 1968 von Dortmund nach Düsseldorf gezogen. In unserer Klasse fand er anfangs kaum Anschluß, was sicher auch an seinem Äußeren lag: eine lange und dürre Gestalt, darauf ein zu groß erscheinender Kopf; das strähnige blonde Haar konnte die abstehenden Ohren nicht verdecken. Meist hielt er sich vornübergebeugt. Hinzu kam, daß er sich zunächst besonders schüchtern und schwerfällig benahm. Kurzum, er eignete sich vorzüglich für die Spötteleien seiner Mitschüler, die ihn wegen seines Aussehens den „Gaul" nannten, und auch die Lehrer taten sich schwer, ihn in ihr Herz zu schließen. Mit großer Willensanstrengung gelang es ihm, sein Selbstbewußtsein zu stärken und von der Klasse angenommen zu werden. Schließlich wurde er ausgesprochen beliebt und war sogar in Herzensangelegenheiten und bei Streitschlichtungen als Vermittler gefragt.

Rüdiger holte seine Gitarre hervor und spielte einige bekannte Stücke, wozu er leise mit melancholischer Stimme sang. Wir anderen hatten es uns in unseren Sitzen gemütlich gemacht, unsere Beine ausgestreckt, und rauchten kräftig, auch wenn einer der Lehrer an der Abteiltür vorbeiging und uns einen tadelnden Blick zuwarf. Was scherte es uns? Wir waren jetzt ungebunden, frei! Das Reisefieber hatte uns gepackt, die freudige Erwartung des Unbekannten.

Am Abend bestiegen wir in Hoek van Holland das Fährschiff. Zwar waren Kabinen für uns reserviert, doch wer dachte schon ans Schlafen? An Deck herrschte Leben, das mußte ausgekostet werden. Einer hatte eine Flasche Klaren mitgebracht, die wir uns teilten. Ob es nun am heftig schwankenden Schiff oder am Alkohol lag: Nach kurzer Zeit fühlten sich einige von uns hundeelend.

Rüdiger und ich hingegen waren eher berauscht; voll Übermut stiegen wir ans Oberdeck. Der Wind wehte uns fast vom Schiff, die Gischt spritzte uns ins Gesicht; wir genossen das Anrennen gegen die Elemente, das Gefühl der Kraft und der Lebenslust.

Am frühen Morgen kamen wir in Croydon an, einer Vorstadt Londons. Rüdiger und ich teilten uns dort ein Privatzimmer. Wenige Stunden später führte Herr Krüger uns durch die Metropole und erklärte die Bedeutung einiger wichtiger Baudenkmäler. Wir waren jedoch viel zu sehr mit unseren eigenen Planungen beschäftigt, als daß wir ihm aufmerksam zugehört hätten. Soll er doch reden, was kümmert uns, welcher Admiral in welchem Haus gewohnt hat und wessen Reiterstandbild dort hinten steht? Wichtiger ist doch, wo man hier preiswerte Schallplatten kaufen kann, oder wie der Flohmarkt zu erreichen ist. Am Abend besuchten wir natürlich eine Diskothek, die uns fortan als Treffpunkt dienen sollte.

Der folgende Tag stand uns zur freien Verfügung. In kleinen Gruppen streiften wir durch die Innenstadt und bestaunten das jugendliche „swinging London": Carnaby Street, Piccadilly Circus, Oxford Street; hier traf sich die Jugend der Welt, drang Musik aus den Läden, präsentierte sich junge Mode; ich selbst kaufte mir eine lila Wildlederjacke.

„Du, sag mal, was hältst du eigentlich von der antiautoritären Erziehung?" fragte Rüdiger mich eines abends in unserer Unterkunft, als wir gerade zu Bett gegangen waren. Er interessierte sich brennend für Kinder- und Jugendprobleme und wollte später Sozialwissenschaften studieren. In letzter Zeit hatte er eifrig mehrere Bücher über „Summerhill" gelesen, wo die antiautoritäre

Erziehung an einer größeren Kindergruppe konsequent praktiziert wurde. Endlich eröffnete sich die Möglichkeit, veraltete Strukturen und Zwänge, die bei den Kindern zu Unfreiheiten führen mußten, zu überwinden und damit auch auf das zwangsgeprägte Leben der Erwachsenen befreiend einzuwirken.

Alles, was Rüdiger mir bisher hierzu erzählt hatte, klang sehr plausibel. Und doch empfand ich ein gewisses Unbehagen; ich wußte jedoch nicht, was mir an der Sache nicht gefiel, geschweige denn, daß ich es in Worte hätte fassen können.

Rüdiger kam meiner Antwort zuvor: „Natürlich werden die in Summerhill von den meisten Leuten noch angefeindet. Jede soziale Veränderung kostet Opfer. Da wird noch eine Übergangszeit vergehen, bis der Anpassungsprozeß abgeschlossen ist und die Gesellschaft umgelernt hat. Aber wenn die Umwelt dann erstmal optimal ist, werden die Konflikte zwischen den Menschen abgebaut werden. Ich hab' gehört, die aus Summerhill sollen jetzt schon an mehreren Orten nachgeahmt werden; in Berlin gibt es auch so einen freien Kinderladen."

Begeisterung schwang in seinen Worten mit.

„Du würdest echt staunen, wie die Kinder da ihre Aggressionen und Konflikte aufarbeiten. Klar gibt's auch Streit, weil die nicht alle das gleiche machen wollen. Aber irgendwie schaffen die sich dann ihre eigenen Regeln, die nicht diktiert sind von den Alten. Das machen sie dann als Erwachsene genauso, und dann brauchen sie keine Autorität, von der sie unterdrückt werden."

Natürlich gehörte zu einem Aufenthalt in London auch ein Theaterbesuch. Auf dem Programm stand das Musical „Hair", das wir alle bereits von der Schallplatte

17

her kannten und das sich jetzt in einem Feuerwerk von Turbulenz und Akrobatik, poppigen Farben und Exotik vor unseren Augen abspielte. Die Lieder kündeten von einer neuen Menschheit und einer besseren Zukunft, von Blumen und freier Liebe, von Verbrüderung und Frieden, von Gleichheit ungeachtet der Hautfarbe, Kleidung oder Haarlänge. Über die Bühne tollte eine junge, bunte Horde, einige schwangen sich nackt an Lianen durch den Raum, Rauch und farbige Lichter hüllten das Bild in eine gespenstische Atmosphäre – es war wie ein Rausch, ein LSD-Trip, der mit zur Freiheit gehörte. Herr Krüger blickte nicht gerade erfreut drein; wir grinsten: So etwas hatte er wohl nicht erwartet.

Fern vom Elternhaus und von Freundinnen, waren wir Jungen weiblicher Bekanntschaft nicht abgeneigt. Lockere Beziehungen wurden abends in der Diskothek schnell geknüpft, und so schlossen sich auch Rüdiger und ich einer Gruppe gleichaltriger Mädchen an. Nachdem wir bei heißen Rhythmen getanzt hatten, bis unsere Kleidung von Schweiß durchnäßt war, schlugen sie uns vor, sie zu einer Freundin zu begleiten, bei der diese Nacht eine Fete steige. Arm in Arm machten wir uns auf den Weg. Die Eltern seien gerade verreist, erklärten uns die Mädchen, als wir ein kleines Reihenhaus betraten. Schon im Flur klang uns schwüler Blues entgegen. Im Wohnraum konnten wir zuerst kaum etwas erkennen, zwei, drei Kerzen waren die einzigen Lichtquellen. Auf dem Boden saßen mehrere Gestalten, die sich unterhielten; wir fingen nur einzelne Wörter auf, power, shit, satisfaction. Andere schauten teilnahmslos vor sich hin oder wiegten sich im Takt der Musik, die aus einem etwas helleren Nebenraum tönte. Durch die Tür erblickten wir einige Paare, die langsam und eng umschlungen tanzten. Keiner der Anwesenden nahm groß von uns Notiz. Wir wußten nicht so recht, wie wir uns verhalten sollten, und standen unschlüssig herum; irgendwie war uns mulmig zumute. Unsere Mädchen hatten sich für kurze Zeit entfernt und erschienen jetzt wieder mit einer Flasche Whisky. Gerade zog sich eines der Paare, das eben noch getanzt hatte, in eine Ecke des Wohnraums zurück; kurz darauf hörten wir von der Couch ein rhythmisches Knarren.

„Hey man, schon mal probiert?" Eines der Mädchen holte ein Fläschchen hervor; mit einer Pipette brachte sie einige Tropfen des Inhalts auf ein Stück Würfelzucker, das sie dann im Mund zergehen ließ.

„No, thanks, vielleicht später", lehnte Rüdiger überlegen ab.

„Try it. One drop only. O guy, wir alle haben so angefangen. It's crazy." Das Mädchen versuchte, uns die Sache schmackhaft zu machen; von Farben sprach sie, really fab, die irrsinnig grell aufleuchteten, fantastic visions; von Sphärentönen, vibrations, and you'll come in motion; o people, dieses Glücksgefühl, so happy and free and in harmony – und sie fuhr mit weinerlicher Stimme fort: „Then you'll forget this shit-world, das hohle Gequatsche der Alten, immer nur money, money, money."

Ihre Freundin erklärte uns, wir müßten nur auf die genaue Dosierung achten, das sei sehr wichtig ... try it, folks. Inzwischen verursachte ein weiteres Paar knarrende Geräusche. Wir hatten genug von dieser Veranstaltung, bei nächster Gelegenheit schlichen wir davon und suchten das Weite.

Am nächsten Morgen packten wir die Koffer für die Heimfahrt.

19

*

Ohne Feten wäre unsere Jugendzeit undenkbar gewesen; Gelegenheiten gab es in einem großen Freundeskreis genug. Das Problem bestand nur darin, den passenden Raum zu finden. Beliebt waren Keller, deren Wände wir mit Postern von Popstars und -gruppen beklebten. Für einen Mick Jagger, eine Joan Baez konnten wir uns ehrlich begeistern. Nicht, daß wir sie anhimmelten oder für sie schwärmten wie die Jüngeren, aber das waren für uns Männer und Frauen, die etwas zu sagen hatten, die sangen, was wir empfanden, oder die doch zumindest durch ihre feurigen Rhythmen das Blut heftiger kreisen ließen, das Gemüt anrührten. Unverzichtbare Bestandteile solcher Abende waren außer der Musik Rotwein und Weißbrot.

Anfangs verbrachten wir den Abend mit Tanzen, Party-Spielen und Cracker-Knabbern. Mit der Zeit, als wir über dieses „Kinderstadium" hinausgewachsen waren, feierten wir in der Weise, daß wir uns auf den Boden, auf Matratzen oder alte Stühle setzten und dort in unbequem „lässiger" Haltung verharrten, wobei wir uns bemühten, einen Gesichtsausdruck von Gleichgültigkeit, Langeweile oder Überdruß aufzusetzen; Weltschmerz war angesagt. Oder aber wir brachen in spontane Gefühle aus. Zuerst überwog dabei spontane Freude, später spontane Enttäuschung über das Dasein. Auch spontanes Philosophieren und spontaner Tiefsinn waren anzutreffen. Beliebt war schließlich die spontane Idee, was wir gemeinsam unternehmen könnten. Blieb diese Idee aus, so gab es doch immerhin noch die spontane Anregung, über dieses Problem nachzudenken. Ein Erfolg dieses Nachdenkens konnte zu verschiedenen Lösungen führen:

1. Der Aufbruch: Er bestand darin, daß wir, möglichst zu später Stunde, uns trotz unserer Müdigkeit aufrafften und gemeinsam loszogen, um eine Pinte aufzusuchen oder wahlweise den Schloßpark zu durchstreifen, wobei natürlich auch die Möglichkeiten des Kinderspielplatzes nicht ungenutzt blieben. 2. Das Spiel: Nichts Heiteres oder Fröhliches; Spiele hatten bei uns entweder einen eintönigen Charakter, so etwa Zahlen- oder Worträtsel, oder einen intellektuellen, wie z.B. Rollenspiele.

3. Die Diskussion: Diskutiert wurde entweder in mehreren kleinen Gruppen oder in einer großen Runde, wobei wir natürlich auf dem Boden saßen. Themen, über die wir uns unterhalten konnten, gab es genügend: Kriegsdienstverweigerung etwa oder das Leben in Wohngemeinschaften. Rüdiger lenkte unsere Gespräche auf einen neuen Gegenstand, als er sich an einem „Projekt Dritte Welt" beteiligte, das die Unterdrückung der armen durch die reichen Staaten anprangerte und sich mit den Unterdrückten solidarisch erklärte. Ich stimmte mit den anderen überein, daß vor allem die USA sich hier vieles hatten zuschulden kommen lassen. Und waren sie nicht auch die Aggressoren im grausamen Vietnamkrieg?

Für einen Großteil des Unglücks in der Welt machten wir Mißstände in der Gesellschaft verantwortlich. Veraltete, überkommene Strukturen des Establishments verhinderten die freie Entfaltung neuer Kräfte, und die Leistungsgesellschaft ebenso wie der Konsumterror verknechteten die Menschen. Hier versuchten wir, unsere Gesellschaftskritik anzusetzen.

Jedesmal staunte ich, wie weit doch bei unseren Gesprächen die Gedanken vorstießen, welche Tiefen sie ausloteten; derart umfassend und durchdringend hatten unsere Eltern in ihrer schlichten Lebensauffassung wohl kaum reflektiert. Das galt sicherlich auch für den religiösen Bereich; die Alten waren entweder zu naiv, wenn sie noch an einen gerechten christlichen Gott und eine selbstlose Kirche glaubten – oder sie heuchelten.

Eine Zeitlang fühlten wir uns von östlicher Religiosität angezogen, seit die Beatles indisch lebten und sangen; wir ließen Unmengen von Räucherstäbchen abbrennen und saßen im Lotossitz auf dem Boden. Unser Interesse am Osten schwand jedoch bald wieder und hinterließ – jedenfalls bei mir – keine Spuren.

Zu meinem Freundeskreis zählten zunehmend auch Studenten. Einer von ihnen fragte mich eines Abends, als wir wieder einen Geburtstag feierten, ob ich denn nicht an einer Demo teilnehmen wolle? Sie sei für kommenden Sonntag angesetzt, ihr Ziel: mehr Mitbestimmung an den Universitäten.

„Du, ich muß dir gleich sagen, daß es da auch hart zur Sache gehen kann; aber wir werden uns zu wehren wissen und gegen die Bullen Widerstand leisten. Du denkst jetzt vielleicht, daß das zu weit geht, daß dabei auch Leute verletzt werden. Früher hab' ich auch mal gedacht, man könne durch Reden das System umkrempeln. Aber dann hab' ich erfahren, daß sich so überhaupt nichts verändert. Es ist leider eine Tatsache, daß Gewalt oft das einzige Mittel ist, sich gegen die reaktionären Kräfte der herrschenden Klasse zu wehren."

Ich erschrak. Wie war es möglich, daß er so selbstverständlich von Gewaltanwendung sprach? Daß andere einen regelrechten Haß gegen bestehende Einrichtungen entwickelten? Sogar meine Klassenkameraden bejahten die Ausschreitungen der Studenten.

Eine solche Atmosphäre schien mir allmählich immer dunkler und bedrohlicher. Sie begann, mich zu irritieren und zu ängstigen. Ich versuchte, dem Unbehagen auszuweichen, indem ich bestimmte Zusammentreffen künftig mied; aber ich konnte mich doch nicht einfach von den meisten Freunden zurückziehen. Vielleicht, dachte ich, bin ich zu zimperlich und nicht konsequent genug; vielleicht genügt es nicht, bei Feten theoretisch über den Vietnamkrieg zu diskutieren. Aber Sympathie mit Gewalt, mit Terror, mit Haß kann doch nichts Gutes sein, auch wenn sie sich gegen die Amerikaner oder gegen verknöcherte Professoren richten. Oder bin ich nur zu feige und ziehe mich zurück, wenn es ernst wird?

*

Meine freie Zeit verbrachte ich nicht nur mit Freunden, ich liebte es auch, mich nach den Schularbeiten in Bücher zu vertiefen, oft stundenlang. Hintergrundmusik erhöhte mir meist den Lesegenuß.

Vater war ein begeisterter Leser, und sein Bücherschrank bot eine reiche Auswahl an Werken der Weltliteratur. Auch mein eigener Bücherschatz wuchs mit der Zeit beträchtlich an. Während meiner Jugendjahre veränderte sich meine Lesebegeisterung nicht; im Gegenteil, mein Bedürfnis zu schmökern wuchs ständig.

Bei meinen Freunden lieferten Bücher nur in Ausnahmefällen den Gesprächsstoff. Mehr als einmal sollte meine Befürchtung, daß man mich für hochmütig halte, wenn ich in ihrem Kreis dieses Thema anschnitt, sich bestätigen.

Vor allem die großen Romane hatten es mir angetan,

von Tolstoj, Stendhal oder Thomas Mann. Gleichzeitig fesselten mich Biographien bedeutender Persönlichkeiten; so las ich etliche Werke über Napoleon. Natürlich eröffnete sich mir hierdurch auch die Historie: Das Schicksal des Korsen und die Französische Revolution waren untrennbar miteinander verknüpft. Über Napoleon und die Revolution kam ich in Berührung mit dem Rußland Zar Alexanders I. und mit der habsburgischen Donaumonarchie, begegnete den klassizistischen Gemälden Davids ebenso wie dem Empire-Stil der Architektur und der Wohnkultur, erfuhr vom Niedergang der Aristokratie und erkannte Zusammenhänge mit den geistigen Strömungen der Zeit.

Jetzt zeigte sich mir die Geschichte der Revolution nicht nur als politisches Handeln von Völkern oder als Wirken einzelner Persönlichkeiten, sondern ebenso als Ausdruck des Lebensgefühls einer Zeit, als Folge und Äußerung offenbarer oder untergründiger geistiger Bewegungen, als Widerspiegelung schöpferischer Energien, als Abbild künstlerischen Formwillens und unberechenbarer dunkler Triebkräfte.

Ohne die behutsame Führung Vaters wäre ich angesichts der Fülle der Literatur in arge Verwirrung geraten. Er sah, wohin meine Neigungen gingen, was mir an Lesestoff zuzumuten war, und drückte mir entsprechende Bücher in die Hand. Natürlich gab es auch Perioden, in denen ich mich nicht so sehr von Vater anleiten ließ, sondern mehr von Freunden und Kinowelt beeinflußt wurde; dann pflückte ich mir, wie in einem verwilderten Blumengarten, zwanglos mal hier, mal dort eine Blüte, manchmal eben auch Unkraut. Mit der Zeit wurde ich in der Wahl selbständiger; ich gewann ein Gefühl dafür, welche Lektüre mir im Moment angemessen war, welche vielleicht verfrüht, sinnlos oder gar schädlich, was Schund war oder Kitsch. Aus manchen Werken, die mich, hätte ich sie zu früh gelesen, nur verunsichert hätten, zog ich Jahre später großen Gewinn.

Auch die Bücher selbst – jedenfalls die guten unter ihnen – wurden mir zu Führern, bemerkenswerterweise gerade dadurch, daß sie meine Eigenständigkeit förderten: Sie zwangen mir keine Weltanschauung auf, bevormundeten mich nicht, sondern forderten mich zur eigenen Stellungnahme heraus. Wohl nahmen sie mich an die Hand und führten mich durch ihre Gedanken und Erlebniswelten, versuchten auch, mich zu überzeugen, doch nötigten sie mich nicht, sondern ließen mir die Wahl unabhängiger Entscheidung. Ja, mehr noch, sie schärften meine Aufmerksamkeit, erzogen mich dazu, meinen Verstand wach zu halten und ihn zu gebrauchen.

Ein Leben ohne Bücher konnte ich mir nicht vorstellen, doch manchmal hatte ich auch meine Schwierigkeiten mit ihnen: Ich forderte, und sie verschlossen sich; ich stellte bestimmte Erwartungen an sie und wurde enttäuscht, weil sie sie nicht erfüllten. Ich mußte lernen, daß ein Buch sich nur dann in seiner Fülle erschließt, wenn ich ihm Offenheit und Bereitwilligkeit entgegenbringe und mich beschenken lasse; nicht bereits nach der ersten Seite ein Vorurteil fälle, sondern – bei aller Vorsicht – mich der Führung des Buches anvertraue und ihm, genau wie einem Menschen, seine Eigenheiten zubillige.

*

Schon seit einiger Zeit unterrichtete uns Frau Karold in Deutsch. Für jede Unterrichtsstunde verlangte diese früh gealterte Frau gründliche Vorbereitung. Abwechselnd wurde jedem von uns die Aufgabe übertragen, ein

Referat über den Inhalt der letzten Stunde zu halten; und wehe dem, der durch Unaufmerksamkeit Lücken in seinen Kenntnissen zeigte. Wie häufig stöhnte ich über die reichlich bemessenen Hausarbeiten. Sah sie denn nicht, daß wir auch noch für die anderen Schulfächer zu lernen hatten?

Es belastete das Verhältnis zwischen der Lehrerin und uns, daß sie ihre Reizbarkeit und Empfindlichkeit so schwer beherrschen konnte; dabei war sie den meisten von uns wohlgesonnen und bemühte sich ehrlich, uns eine Haltung zu vermitteln, die von christlichen Grundsätzen geprägt war. Obwohl wir über diese „altmodische" Einstellung grinsten, beeindruckte uns doch Frau Karolds Einsatz.

In ihrem Unterricht erfuhren wir viel über den Sinngehalt der Sprache im allgemeinen und einzelner Wörter im besonderen; sie lehrte uns, klar zu unterscheiden. Was bedeutet heute etwa „Gefühl"? Ist darunter eine Sinneswahrnehmung zu verstehen? Oder eine Gemütsregung? In welchem Verhältnis stehen Gefühl und Empfindung zueinander? Besagen beide dasselbe? Ist auch Ahnung Gefühl?

Gerne erinnere ich mich der Werke von Schriftstellern früherer Jahrhunderte, die Frau Karold mit uns besprach; vielleicht lag es daran, daß ich mich auch außerhalb der Schule viel mit ihnen befaßte. Etliche meiner Mitschüler hingegen sahen die Notwendigkeit nicht ein, sich mit dem alten Kulturballast herumzuquälen. Wie wohltuend empfand ich es etwa, als wir im Unterricht die „Judenbuche" von Annette von Droste-Hülshoff und einige kurze Schriften von Hugo von Hofmannsthal durchnahmen; hier bereitete mir alleine schon die Sprache Freude. Ein

Werk aber faszinierte alle: Goethes Tragödie von Faust. Beinahe ein Jahr lang beschäftigten wir uns mit diesem Menschheitsdrama und hatten am Ende nur um so mehr das Gefühl, seinen Reichtum kaum erfaßt, seine Tiefe nur unzureichend ausgelotet zu haben.

Im Lauf des vorletzten Schuljahrs wandten wir uns Schriftstellern der Moderne zu, unter anderem Gottfried Benn, Franz Kafka und Bertolt Brecht. Obwohl ich gerade bei Kafka die Schärfe seiner Beobachtungen und die Treffsicherheit seiner Beschreibungen bewunderte, überkam mich doch ein Gefühl der Beklemmung. Lag es daran, daß immer wieder von ausweglosen Situationen die Rede war, vom Ausgeliefertsein an unmenschliche Instanzen? War es Absicht, fragte ich mich, daß der Leser sich bedrückt fühlen sollte? Wo gab es da noch Hoffnung? Mir kam das alles so grau vor; ich war froh, wenn ich Kafka beiseite legen konnte.

Frau Karold bemühte sich, das Beste aus seinen Erzählungen freizulegen und uns nahezubringen; aber wir spürten, daß sie es nur mit Widerstreben tat. Dieser sensiblen Frau, die bei manchem anderen Autor mitunter vor Begeisterung sogar ihre Launen überwand, war anzusehen, wie sie nun innerlich litt.

Bert Brecht stieß mich ab. Ich versuchte gar nicht erst, ihm gerecht zu werden, weil seine dürftige Sprache meinen Geschmack beleidigte. Jahrelang hatte man uns im Deutschunterricht einen guten Stil und einen reichen Wortschatz vermitteln wollen, und nun setzte man uns einen Autor vor, dessen sprachliche Mittel mir sehr begrenzt schienen, und ernannte ihn zu einem epochemachenden Künstler. Auch von den Schülern wurde er gefeiert. Was blieb mir anderes übrig, als ihn zu lesen, wollte ich dem Deutschunterricht folgen?

Kurzgeschichten aus der Nachkriegszeit standen als nächstes auf dem Programm. Allerdings unterrichtete uns jetzt nicht mehr Frau Karold, deren Herzleiden sich in letzter Zeit verschlimmert hatte und die daher für einige Monate mit der Arbeit aussetzen mußte, sondern ein jüngerer Lehrer. Er wurde nicht müde, uns eine Erzählung nach der anderen interpretieren zu lassen. Bald fiel uns auf, daß wir uns nur eine Reihe von Kernsätzen merken mußten, um fast allen Geschichten deutend beizukommen. Viel gewonnen war beispielsweise schon, wenn wir anbringen konnten, die Geschichte habe ein offenes Ende, was besagte, daß der Autor keine letztgültige Aussage machen konnte, weil ihm dies in unserer Zeit verwehrt war. Wäre eine eindeutige Aussage, ein Propagieren fester Werte nicht Heuchelei gewesen angesichts der beiden Weltkriege, der Isoliertheit und Anonymität des einzelnen, der allgegenwärtigen, unsichtbaren Umklammerung durch den Staatsapparat, der Bedrohung durch tausend Vorschriften? Wie konnten wir diese Welt denn bejahen, wie uns in ihr geborgen fühlen, da doch Leben allenfalls noch fragmentarisch möglich schien? Waren nicht Klage und Melancholie, Kritik und Protest die einzig adäquaten Reaktionen? Mußte nicht die Ohnmacht demonstriert, der Schein entlarvt werden – und blieb nicht zuletzt nach vergeblichen Ausbruchsversuchen nur eine Kette von Fragen, Ratlosigkeit, Resignation?

Hilfreich bei einer Interpretation war auch die Erkenntnis, daß alles eine Bedeutung haben mußte, jedes Komma, jedes fehlende Komma, jedes Wort, jede Wendung, jedes Ding, jede Tätigkeit oder Eigenschaft. Was wir im einzelnen der Geschichte entnahmen, war nicht so wichtig, Hauptsache, wir hielten uns an die Regeln. Ich erinnere mich einer Kurzgeschichte, in der ein Clown auf einer grünen Parkbank saß, neben sich einen Wecker mit verbogenen Zeigern. Könnte der Clown nicht ein Bild für die Absurdität, die Sinnwidrigkeit des Lebens sein? Oder für die Masken, die sich die Menschen aufsetzen? Steht der Wecker mit seinen verbogenen Zeigern vielleicht für die aus den Fugen geratene Zeit? Die Parkbank ließe sich deuten als Zeichen für die Einsamkeit; oder für das Ausgestoßensein; oder für Rasten und Regenerieren. Aber wäre das nicht trügerisch? Weshalb ist die Bank in Grün, der Farbe der Hoffnung, gestrichen? Werden falsche Erwartungen vorgetäuscht? Oder sehnt sich der Clown nach einer besseren Zeit – einer Zeit, die nicht kommen wird?

War demnach nicht letztlich alles sinnlos und düster, das ganze Dasein, und damit – wollten wir konsequent sein – auch unser eigenes?

Gegen Ende des vorletzten Schuljahrs sollte ein Referendar uns für die Dauer von zwei Wochen in Deutsch unterrichten. Bald ließ er durchblicken, daß er von dieser muffigen Schule mit ihren autoritären Lehrern und veralteten Lehrmethoden wenig halte. Wenn er vom „Greisendirektor" und seiner „K und K Lehrkörper-Kompanie" sprach, geschah es in einer Art, die selbstverständlich davon ausging, daß wir Schüler vollkommen mit seiner Meinung übereinstimmten. Da er seine Bemerkungen geistreich vorbrachte, hatte er stets die Lacher auf seiner Seite. Einmal blieb das Lachen allerdings aus, als er versuchte, einen bestimmten Lehrer lächerlich zu machen; sein eigener Witz riß ihn wohl völlig hin, und er vergaß ganz, daß der Sohn dieses Lehrers in der Klasse saß. Es gab einen Skandal mit der Folge, daß man die Versetzung des Referendars an eine andere Schule für tunlich hielt. Doch die älteren Lehrer konnten auf Dauer nicht verhindern, daß der neue Geist einer nachrückenden Generation in unsere Schule einzog.

*

Dorothea hatte ich in diesem Frühjahr kennengelernt und mich gleich in sie verliebt. Obwohl ich bald Oberprimaner sein würde, überraschten mich noch Gefühle wie einen 15Jährigen: Ich errötete, wurde verlegen, mir klopfte das Herz. Doro erging es ebenso.

Das Leben war auf einmal viel reicher, wenn wir Hand in Hand durch den Wald spazierten, uns Wichtiges und Unwichtiges erzählten, einander in die Augen schauten, wenn wir im Wasser des Hallenbads herumtollten oder gemeinsam Musik hörten.

Doch wir beide wollten uns nicht einfach nur der süßen Schwärmerei überlassen – schließlich waren wir vernünftige und fortschrittliche Menschen, die ihr Leben planten und es in die Hand nahmen. Wir liebten unsere Unabhängigkeit und Selbständigkeit, folglich durften wir uns nicht unnötig durch Bindungen einengen lassen. Für uns stand fest, daß eine Heirat nicht in Betracht komme; auch körperliche Treue, wußten wir, war keine unabdingbare Voraussetzung für die Liebe – allzuviele Beispiele von Heuchelei hatten wir bei den Eltern und Verwandten beobachten können.

Frei und vernünftig sprachen Doro und ich über Sexualität. Wir meinten, daß, wenn man sich schon einige Wochen kenne, es an der Zeit sei, miteinander zu schlafen. Von einer Bekannten, die in einer Apotheke arbeitete, ließ Doro sich die Pille beschaffen; sie traute sich nicht, zum Arzt zu gehen. Wir vereinbarten als Termin Samstag in zwei Wochen. Doros Eltern, die sich aufgeschlossen gaben und mit denen wir offen über unser Vorhaben redeten, sagten zu, uns an dem betreffenden Nachmittag die Wohnung zu überlassen.

Je näher der Tag heranrückte, desto aufgeregter wurde ich. Ob wohl auch alles gelingen würde? Alkohol wäre sicher das Richtige zu diesem Anlaß. Um in Stimmung zu kommen, dürfte natürlich auch Musik nicht fehlen; am besten wohl gefühlvoller Blues. Kerzen müßte ich noch besorgen, für die Romantik. Sicher wären auch Chips und Erdnüsse angebracht.

An dem festgesetzten Samstag holte ich Doro von der Schule ab. Ihr Zimmer hatte sie schon vorbereitet; jetzt brauchten bloß noch die Kerzen angezündet und der Plattenspieler angestellt zu werden. Wir legten uns ins Bett, prosteten uns zu, und dann geschah – gar nichts. Meine Enttäuschung kann man sich wohl vorstellen; wir hatten uns doch gründlich auf diesen Tag vorbereitet, hatten für die richtige Atmosphäre gesorgt, und dann so etwas! Doro versuchte, mich zu trösten, die Sache als nicht so wichtig hinzustellen; wesentlich sei doch die Lie-be, und irgendwann einmal werde es schon glücken. Sicher, sie hatte Recht. Und doch war etwas in mir nicht mehr wie vorher; ich konnte ihr nicht mehr unbefangen entgegentreten, wollte es auch nicht. Sie wußte um einen Makel an mir, und das nahm ich ihr übel; zudem fürch-tete ich Wiederholungen meines Versagens. Meine Ver-liebtheit kühlte merklich ab. Zwar traf ich mich weiterhin mit ihr, aber eigentlich nur, weil ich nicht den rechten Mut hatte, mich von ihr zu trennen. Insgeheim schaute ich mich nach einer neuen Freundin um und kam mit an-deren Mädchen zusammen, während ich Doro immer mehr vernachlässigte und ständig Ausreden erfand. Ei-nes Tages erhielt ich einen Brief von ihr, in dem sie mir erklärte, daß sie nicht mehr mit mir befreundet sein könne, da mein Interesse an ihr offenbar erloschen sei.

*

Noch wenige Schultage, dann sollten die Sommerferien beginnen, die letzten vor dem erhofften Schulabschluß.

Neben den Tischen der Schüler und Schülerinnen unserer Klasse – die Schule war mittlerweile kein reines Jungen-Gymnasium mehr – stand Reisegepäck für einen Wochenendausflug bereit. Der Vater eines Mitschülers hatte uns im Siegerland ein leerstehendes Bauernhaus zur Verfügung gestellt, und gerade heute schien, nach langer Regenzeit, wieder die Sonne und versprach ein angenehmes Frühsommerwetter. Nach Unterrichtsende liefen wir mit den Taschen zu den Wagen. Sicher, es war eng in den Autos, nur wenige von uns besaßen bereits einen Führerschein; aber was machte das schon, unsere freudigen Erwartungen konnten hierdurch nicht beeinträchtigt werden.

Am Fahrtziel, einem winzigen Dorf, angelangt, luden wir zuerst das Gepäck in dem geräumigen Haus ab, schufen Ordnung und richteten Schlafstellen für die Nacht her, Jungen und Mädchen in getrennten Räumen. Einige besorgten im umliegenden Wald Brennholz für den Abend. Als es dämmerte, entfachten wir im Hof ein Lagerfeuer und saßen, Würstchen über den Flammen grillend, unter sternklarem Himmel und fühlten uns frei wie lange nicht mehr.

Die letzten Klassenarbeiten dieses Schuljahres waren bewältigt, nur noch die Oberprima lag vor uns, an der in unserer Schule selten jemand scheiterte. Wie ein schwerer Stein fiel die Mühe der letzten Wochen von uns ab, ließ die Anspannung nach; jetzt durften wir uns unbeschwert der Freude hingeben. Eine Gitarre erklang, wir sangen Lieder, alberten, lachten, Weinflaschen wurden herumgereicht. Angeheitert suchten wir spät in der Nacht unsere Schlafstellen auf. Zwar war der Boden trotz der Decken hart, und durch die Fenster zog es, dennoch schlief ich gut und fühlte mich am nächsten Morgen wie neugeboren.

Die Sonne schien hell ins Zimmer, als wir gemeinsam frühstückten; unsere Mädchen hatten die Tische liebevoll gedeckt. Nach dem Spülen spazierte ich mit Rüdiger durch den Wald und unterhielt mich mit ihm über Zukunftspläne. Im nächsten Jahr würde ich vielleicht einen Studienplatz suchen; Geschichte und Germanistik reizten mich im Moment am meisten, aber genauere Vorstellungen hatte ich noch nicht. Erst recht hätte ich nicht sagen können, welches Berufsziel mir vorschwebte; schließlich konnte ich doch jetzt noch nicht wissen, was mich in vier oder fünf Jahren interessieren würde. Rüdiger grübelte im Augenblick darüber nach, wie er dem Wehrdienst aus Gewissensgründen entgehen könne. Erschrocken stellte ich fest, daß ich die Bundeswehr noch gar nicht in meine Planung einbezogen hatte. Ich zerbrach mir jedoch nicht lange den Kopf und vergaß die Angelegenheit bald wieder.

Einen großen Topf Spaghetti als Mittagessen zu kochen, bereitete uns kindisches Vergnügen; doch dann begann die Stimmung zu sinken. Wie sollten wir den angebrochenen Nachmittag gestalten? Nach einigen Überlegungen beschlossen wir, eine nahegelegene Wiese aufzusuchen; dort schlugen wir mit belanglosen Gesprächen und irgendwelchen Spielen die Zeit tot. Als es dunkelte, wiederholten sich die Albereien des Vorabends, doch diesmal nicht mehr in gelöster Atmosphäre, sondern gesucht und verkrampft, mit einem kräftigen Hang zum Obszönen. Toilettenpapier flog durch die Luft, und mein Nachbar gab eine Striptease-Show zum besten. Dem Alkohol sprachen wir so kräftig zu, daß mehrere Kameraden nicht mehr aus eigener Kraft zu ihrem Schlafplatz kamen.

Am nächsten Morgen, nach einem wortkargen Frühstück, zu dem die einzelnen sich erst nach und nach eingefunden hatten, traten wir die Rückfahrt an. Mir schien, keinem von uns war an einem weiteren Ausflug gelegen.

III.

Endlich hatten die Sommerferien wieder begonnen. In einer Woche wollte ich gemeinsam mit drei Freunden eine Fahrradtour durch die Lüneburger Heide unternehmen; die Fahrtstrecken waren bereits geplant, Jugendherbergen zum Übernachten ausgewählt, die Fahrräder überholt worden – da traf unvermittelt Onkel Robert, der uns früher oft besucht hatte und den ich wegen seiner fröhlichen Art sehr mochte, bei uns ein. Verstört stand er, einen kleinen Koffer in der Hand, vor unserer Wohnungstür; meine überraschten Eltern baten ihn etwas verlegen herein. Und dann begann die Tragödie; die erschreckende Geschichte eines durch seine Krankheit aus der Bahn geworfenen Menschen und der Angehörigen, die er mit sich reißt. Ich erinnerte mich dunkel, daß ich in frühester Kindheit von dieser Erkrankung hatte erzählen hören – damals waren wir Außenstehende gewesen, jetzt sollten wir unmittelbar mit ihr konfrontiert werden.

Vater wollte dem Bruder seine Hilfe nicht versagen. Was sich in der kommenden Zeit ereignete, bewog mich, die beabsichtigte Fahrt mit meinen Freunden abzusagen; auch die Eltern verzichteten auf ihre Urlaubsreise. Onkel Roberts krankheitsbedingtes Verhalten flößte uns Furcht ein und brachte uns, da der weitere Krankheitsverlauf sich nicht voraussagen ließ, in immer neue und unerwartete Schwierigkeiten und Bedrängnisse. Wie sollten wir uns jeweils verhalten? Seine Anwesenheit erforderte unsere ganze Aufmerksamkeit und Energie. Anfangs weigerte er sich, medizinische Hilfe anzunehmen. Was tun? Wir konnten ihn doch nicht einfach auf die Straße setzen! Erst nach Wochen überzeugte ein Arzt ihn von der Notwendigkeit eines Krankenhausaufenthalts. Mehrere Monate verbrachte er nun in der Klinik, doch blieb er weiterhin auf unseren Beistand angewiesen; fast täglich besuchte ihn zumindest einer von uns. Die Schreckensnachrichten rissen nicht ab; einmal verschwand er aus dem Krankenhaus. Wir suchten ihn fieberhaft überall, und spät in der Nacht fanden wir ihn angetrunken in einer Wirtschaft.

Mit instinktiver Sicherheit wußte Mutter bei fast jeder neuen Schwierigkeit zu helfen und zögerte nicht, tatkräftig das Notwendige zu veranlassen. Doch gingen die Ereignisse nicht spurlos an ihr vorüber, mehrmals brach sie in Weinkrämpfe aus. Vater und ich blieben zumeist ruhiger; in manchen Augenblicken wunderte ich mich, daß ich gerade in den schlimmsten Situationen gelassen wie selten war, mich zugleich aber in eine seltsame Betäubung gebannt fühlte.

Nicht nur um Onkel Robert machte ich mir Sorgen, auch um meine Eltern. Wie würden sie, die nicht mehr die Jüngsten waren, diese ständigen Anforderungen bewältigen? Tag für Tag mußten wir von neuem bangen, und nachts konnten wir nicht unbeschwert schlafen. Jedes Geräusch schreckte uns auf; zu sehr erinnerten wir uns der Wochen, als Onkel Robert schlaflos durch die Räume geirrt war. Wenn das Telefon klingelte, wagten wir kaum, den Hörer abzunehmen. Teilte man uns vielleicht mit, daß ihm etwas zugestoßen sei? Hatte sich die Krankheit verschlimmert? Keiner wußte, wie lange sie fortdauern und welche Ausmaße und Formen sie annehmen könnte; gerade dieses Unberechenbare und Ungewisse ließ die innere Anspannung ins fast Unerträgliche wachsen. Und doch hatte dieser Ausnahmezustand auch zur Folge, daß meine Eltern und ich einander näherkamen und uns ein starkes Gefühl der Zusammengehörigkeit verband; trotz aller Nöte waren wir erfüllt von einer merkwürdigen Euphorie, da wir gemeinsam eine Aufgabe bewältigten und nicht resignierten.

Ernüchternde Erfahrungen mit „Freunden" blieben uns nicht erspart. Zu Beginn seines Krankenhausaufenthalts wurde Onkel Robert fast täglich von Verwandten und Bekannten besucht. Die meisten kamen mehrmals. Als sich aber herausstellte, daß er länger stationär untergebracht sein würde, nahm die Zahl der Besuche stetig ab. Auch wir fanden, als wir Entlastung dringend benötigten, so gut wie keine Unterstützung. Geduld war wie so oft der Prüfstein wahrer Freundschaft. Solange es galt, mit spektakulären Maßnahmen zu helfen und dabei auch noch als Retter in der Not zu erscheinen, konnte man auf Freunde rechnen. Sobald aber die anhaltende Notlage liebende Ausdauer und nüchternen, unsentimentalen Beistand erforderte, versagten die meisten.

Einer seiner Bekannten redete Onkel Robert ein, er solle sich um eine baldige Entlassung aus der Klinik bemühen; seine Krankheit dürfe nicht zur Isolation führen; auch müsse er unbedingt die Medikamente absetzen, damit diese ihn nicht in seiner Denkfähigkeit und freien Selbstbestimmung einschränkten. Das war natürlich Wasser auf Onkel Roberts Mühle, da er sich ohnehin gegen die medikamentöse und stationäre Behandlung sträubte. Der Arzt hatte Mühe, ihn daran zu hindern, die Behandlung abzubrechen, und versuchte, ihm klarzumachen, daß die Krankheit nur durch beständige ärztliche Überwachung in Schach gehalten werden könne.

Leider verließ dieser Arzt bald darauf das Krankenhaus, und sein Nachfolger hielt eine ambulante Behandlung für ausreichend. Unser Einwand, wir selbst seien seelisch erschöpft und mit unseren Kräften nicht mehr in der Lage, Onkel Robert aufzunehmen und ihm in seiner Not Stütze zu sein, ließ den Arzt ungerührt; wichtig sei ihm sein Patient; wie die Angehörigen die Situation verkraften sollten, schien ihm gleichgültig zu sein. Glücklicherweise bestand Onkel Robert, dem es mittlerweile ein wenig besser ging, von sich aus darauf, den Aufenthalt im Krankenhaus zu verlängern.

*

Immer wieder mahnten unsere Lehrer uns, gerade jetzt, wenige Monate vor dem Abitur, nicht nachlässig zu werden. Gerüchte über unerwartete Anforderungen in den Abschlußarbeiten kamen auf, und wir spekulierten endlos über die Prüfungsinhalte. Kurz, wir standen unter Leistungs- und Prüfungsdruck. Ausgerechnet jetzt aber forderte Onkel Roberts Erkrankung einen Großteil meiner Kräfte, waren die Eltern auf meine Unterstützung angewiesen.

In dieser Situation konnte ich mir keinen Zusammenbruch leisten; erstaunlicherweise gelang es mir immer wieder, neue körperliche, seelische und geistige Energien zu mobilisieren. Oft half mir Essen über Tiefpunkte hinweg; vor allem der Genuß von Schokolade beruhigte und tröstete mich und munterte mich zugleich auf. Überhaupt langte ich seit einigen Monaten bei den Mahlzeiten kräftiger zu als bisher; es konnte ja nicht schaden, eine körperliche Grundlage für die geistigen Anstrengungen zu schaffen, Nervennahrung wegen der seelischen Belastung zu sich zu nehmen. Bis eines Tages meine Tante Erika, der ich länger als ein Jahr nicht begegnet war, mich mit dem Kompliment „Du siehst aber gut aus" begrüßte. Offensichtlich spielte sie damit auf die dicken Backen und meinen sich wölbenden Bauch an.

Ich erschrak. Das durfte doch nicht wahr sein. Wieso hatte ich bisher nicht mehr auf mein Gewicht geachtet? Der Spiegel und die Waage überzeugten mich, daß ich unbedingt dünner werden müsse. 70 kg schwer, mit einem deutlichen Wampe, und das in meinem Alter! Kein Wunder, daß der Gürtel nicht mehr passen wollte. Vielleicht machten meine Klassenkameraden sich schon insgeheim über mich lustig. Was hatte Tante Erika gesagt? Ich sähe gut aus, gesund also? Mir schien, niemand bemerkte, was ich tagtäglich zu ertragen, zu durchleiden hatte, was mich schon seit Monaten belastete. Neuerdings bereitete mir auch meine Verdauung Schwierigkeiten. Und dann kam diese Tante daher und meinte, ich sähe gut aus!

Das sollte jetzt anders werden. Fortan gestattete ich mir nicht mehr die reichlich gefüllten Teller, sondern nur noch kleine Portionen; Süßes schränkte ist fast ganz ein. Natürlich hatte ich Hunger, und er wuchs täglich, aber ich konnte doch dieser animalischen Gier nicht erlauben, die Oberhand über mein Leben zu gewinnen.

Der Erfolg blieb nicht aus; ich nahm ab, die Kleidung beengte mich nicht mehr wie bisher. Jetzt fühlte ich mich leichter, freier; überhaupt fand ich es wohltuend, weniger Körpermasse zu haben, die mich in meiner Bewegung einschränkte. Endlich wirkte ich auch ein wenig mitgenommen und leidend, entsprach der körperliche eher meinem seelischen Zustand.

Gleichzeitig mit der Nahrungseinschränkung wollte ich dafür sorgen, daß die Verdauung sich verbesserte; die häufigen Verstopfungen quälten mich und ließen meinen Bauch dicker erscheinen. Hatte ich nicht gehört, Zigaretten und Kaffee würden die Verdauung fördern und das Hungergefühl einschränken? Bisher hatte ich nur gelegentlich geraucht und dabei keinen großen Genuß empfunden; doch jetzt stellte ich erfreut fest, daß Nikotin mich anregte und die Müdigkeit zurückdrängte. Auch Kaffee munterte mich auf, wenn ich mich nach der Schule erschöpft fühlte.

Ich begann, in Zeitschriften auf die Rubriken mit Gesundheitsratschlägen zu achten; auch Diätrezepte faszinierten mich mehr und mehr; Tabellen mit den Angaben der Nährwerte zogen mich magisch an. Ein Artikel befaßte sich mit Reformkost und Ballaststoffen und veranlaßte mich, Reformhäuser aufzusuchen; an keinem konnte ich mehr vorübergehen, ohne zumindest einen neugierigen Blick ins Schaufenster zu werfen. Doch obwohl ich jetzt reichlich Weizenkleie und Leinsamen unter mein Essen mischte, fand ich meine Darmtätigkeit weiterhin ungenügend.

Mutter trank schon seit Jahren allabendlich ihren Abführtee; warum sollte er nicht auch mir helfen? Er half! Sofort besorgte ich mir in der Apotheke ein Abführmittel, das ich heimlich zu mir nahm. Der erstmalige Erfolg beruhigte mich, aber die Beruhigung währte nicht lange, da die Wirkung nachließ. Das konnte ich mir in der angespannten Situation nicht leisten, also erhöhte ich die Dosis. Jedesmal, wenn etwas besonderes bevorstand, eine Klassenarbeit oder ein Ausflug, nahm ich ein wenig mehr; ich durfte ja nicht riskieren, gerade dann unter einer quälenden Verstopfung zu leiden. Die höhere Dosis behielt ich bei, einfach aus der Furcht heraus, daß die Verdauung sich wieder verschlechtern könne. Aus einem Löffel täglich wurden bald fünf, zehn Löffel, und bereits nach wenigen Monaten verbrauchte ich eine halbe

Packung täglich – eine Menge, die im Normalfall für mehrere Wochen reichte. Nun hatte sich mein Stuhlgang verbessert, aber dafür litt ich jetzt unter Blähungen; das konnte doch nur bedeuten, daß dem Verdauungsvorgang noch weiter nachgeholfen werden mußte, um auch diese Störung zu beseitigen.

Ich war inzwischen erheblich dünner geworden; leichtes Untergewicht gab mir die Sicherheit, nicht sogleich wieder zu dick zu werden, falls mich doch einmal der Hunger überwältigen sollte. Die Vorstellung, wieder mehr zu wiegen, versetzte mich in Panik; würde dann nicht sofort auch mein Bauch wieder dicker werden und mich beengen? Stellte ich hingegen fest, daß ich wieder ein Pfund verloren hatte, bereitete mir dies unbeschreibliche Freude und Erleichterung.

Natürlich konnte meinen Eltern der Gebrauch von Abführmitteln nicht verborgen bleiben, auch waren sie wegen meiner veränderten Eßgewohnheiten besorgt. Ich bemühte mich, ihnen meine Gründe begreiflich zu machen, doch vergeblich. Sie konnten einfach nicht verstehen, daß es für mich unbedingt erforderlich war, auf die fetthaltigen warmen Mahlzeiten zu verzichten und stattdessen Magerquark und Sauerkraut zu essen. Ich verschwieg, daß ich jetzt täglich zehn und mehr Schmerztabletten einnahm, um Tiefpunkte im Tageslauf zu überwinden; in dieser Hinsicht wären ihre Sorgen sicherlich nicht unberechtigt gewesen.

*

Nach einigen Monaten war Onkel Robert soweit wiederhergestellt, daß er ein verhältnismäßig normales Leben führen konnte. Immer wieder dankte er uns für unseren Beistand. Daß wir ihm helfen wollten, habe er die ganze Zeit gespürt, auch wenn es nicht so ausgesehen habe.

Wie hatte ich den Tag herbeigesehnt, an dem er zum erstenmal wieder seinen Dienst antreten würde, und mir vorgestellt, eine große Last werde von uns allen abfallen. Kurze Zeit darauf spürte ich Stiche in der Herzgegend. Schon in meiner Kindheit waren solche Schmerzen gelegentlich aufgetreten, wenn ich mich geärgert oder aufgeregt hatte, aber ich hatte sie nicht weiter beachtet. Doch jetzt kamen sie mit einemmal häufiger; mitten in der Nacht erwachte ich, weil mein Herz heftig schlug und ich mich beklemmt fühlte. Ob es vielleicht am Kaffee lag? Ich versuchte, den Kaffeegenuß einzuschränken, aber es half nichts. Mit zunehmendem Gewichtsverlust verstärkten sich die Beklemmungsgefühle; Angst beschlich mich und breitete sich in mir aus. Nicht, daß ich mich vor etwas Konkretem gefürchtet hätte – es überkam mich ein unbestimmtes Gefühl der Bedrängnis und Einengung. Bald schon steigerte meine Umwelt dieses Unbehagen. Die Vorstellung, etwas zu unternehmen, ja schon die Wohnung verlassen zu müssen, flößte mir Furcht ein; ängstlich mied ich das Ungewohnte, Unbekannte. Im Laufe der Wochen nahmen die Angstgefühle eine immer bedrohlichere Form an, sie quälten mich tagsüber und in den wachen Stunden der Nacht; morgens waren sie am stärksten, am Nachmittag ebbten sie häufig ab. In den Abendstunden fühlte ich mich nicht selten für kurze Zeit befreit, doch um so schlimmer war es dann, wenn sie, kaum daß ich im Bett lag, wieder rapide anschwollen.

Ich glaube, man muß selbst Vergleichbares durchlebt haben, um diese krankhaft gesteigerte Angst nachfühlen zu können. Wie anders war es doch gewesen, wenn ich mich von ganz bestimmten, greifbaren Gefahren bedroht gefühlt hatte, etwa Versagen in der Schule oder in der Liebe. Dann hatte ich als Person der Bedrohung gegenübergestanden, hatte ich wenigstens Halt in mir selbst gehabt.

Ich will hier versuchen, in Worte zu fassen, wie die Angst mein Leben bestimmte: Früh am Morgen wache ich auf – und fühle mich schon beklommen. Es ist, als ob ein glühender starrer Ring meinen Brustkorb zusammenpresse. Ich kann nicht frei atmen, kann nicht, wie sehr ich es mir auch wünsche, selbstvergessen sein, so, wie ich es von früher her kenne. Am liebsten möchte ich das Bett gar nicht erst verlassen, nicht hervorkriechen aus der vertrauten, einhüllenden Wärme, die Zuflucht gewährt vor der bedrohlichen Welt und mich wenigstens für einige Stunden in die Wohltat der Unbewußtheit versinken läßt. Doch ich muß hinaus, das Leben fordert mich unerbittlich, ich muß die täglichen Arbeiten verrichten. Innerlich fühle ich mich wie zerrissen, verwundet, als ob eine Säure meine Seele ätze. Ich bin aufgeregt, doch gleichzeitig wie gelähmt. Mein Körper wird unbeweglicher, meine Regungen werden langsamer, müder, mechanischer, fast roboterhaft. Ich kann meine Aufmerksamkeit kaum noch auf das richten, was um mich herum geschieht. Tätigkeiten führe ich nur deshalb aus, weil sie unbedingt erforderlich sind: Ich muß zur Schule gehen, zurückkehren, Schularbeiten erledigen. Was früher mit Freude getan wurde, oder ohne groß einen Gedanken daran zu verschwenden, kostet jetzt beinahe übermenschliche Anstrengung. Aber es wäre eine Katastrophe, wenn ich es nicht schaffen würde, wenn die Kräfte nicht mehr reichen würden, mich zu waschen, anzukleiden, die Schultasche zu packen. Ich muß mich zu jeder Bewegung überwinden.

Welch eine Befreiung verspüre ich dann, wenn gegen Abend dieser Spuk nachläßt. Ich hoffe auf diese kurzfristige Wohltat, aber auf sie verlassen kann ich mich nicht, denn häufig bleibt sie aus. Selbst während dieser kurzen Atempausen beherrscht mich die Angst, daß der Druck wieder zunimmt und neue Qualen mich erwarten.

Tag für Tag überfällt die Angst mich von neuem, macht mich von Mal zu Mal verletzbarer. Wehrlos bin ich ihr ausgeliefert – doch jede noch so kleine Möglichkeit einer Rettung erweckt neue Hoffnungen in mir.

*

Energisch bestand Mutter darauf, daß ich unseren alten Hausarzt aufsuche. Die Abkapselung von der Umwelt, meine Angst, meine Art zu essen seien krankhaft; ich sähe ja bereits erschreckend dürr aus. Empört hielt ich ihr entgegen, daß ich weit von Unterernährung entfernt sei. Sie solle sich doch nur die Bilder der Hungernden in Afrika anschauen, dann wisse sie, was ich meine. Doch warum sollte ich eigentlich nicht zum Arzt gehen? Schließlich litt ich tatsächlich, wenn auch Mutter wohl nicht begriff, worin meine Krankheit wirklich bestand.

Dr. Heller untersuchte mich gründlich und konnte ein organisches Leiden nicht feststellen. Seine Diagnose, meine Abmagerung sei auf die Anspannungen der letzten Wochen zurückzuführen, gefiel mir. Da also das Leiden nicht körperlich, sondern seelisch bedingt war, mußte die Behandlung dort ansetzen. Er verschrieb mir ein Mittel, das die Stimmung aufhellen sollte. Der Beipackzettel verhieß erstaunliche Wirkungen; es sollte helfen gegen Antriebsschwäche, Spannungs- und Angstzustände, Depressionen und Schlafstörungen. In den ersten 14 Tagen könnten allerdings als Nebenwirkungen Müdigkeit und

Konzentrationsstörungen auftreten. Die zwei Wochen vergingen, doch die Dumpfheit im Kopf und die bleierne Schwere meiner Glieder mochten nicht schwinden. Vor allem war die Angst nicht gewichen. Zwar empfand ich eine gewisse Betäubung, doch dies verwandelte die Angst allenfalls: Die Künstlichkeit der Sinneswahrnehmungen, die neuerliche Veränderung des Erlebens verursachten wiederum neue Ängste.

Als der Zustand sich nicht bessern wollte, resignierte der Arzt und legte mir nahe, einen Psychotherapeuten aufzusuchen. Meine Eltern waren von diesem Vorschlag sehr angetan, besonders Mutter, die in Ratgeber-Sendungen des Rundfunks bereits viel von dieser Heilmethode gehört hatte. Ich selbst hatte erst kürzlich einen biographischen Roman über Sigmund Freud gelesen, der ausführlich von der Pionierleistung des Seelenforschers berichtete. So war ich mit manchen Grundbegriffen seiner Lehre ein wenig vertraut und sah nun ihrer praktischen Anwendung in meinem Fall erwartungsvoll entgegen. Ein Bekannter empfahl uns Dr. Limberg, der sich erst vor wenigen Jahren als junger Arzt in Düsseldorf niedergelassen hatte.

Seine Praxis war komfortabel, beinahe luxuriös ausgestattet. Die Sitzgelegenheiten im Wartezimmer bestanden aus modernen Polsterelementen mit samtartigem Überzug; eine dezente Tapete schmückte die Wände, an denen einige abstrakte Gemälde hingen; die Fenster mit schalldichter Verglasung waren geschlossen, eine Klimaanlage sorgte für angenehme Luft; aus unsichtbaren Lautsprechern erklang leichte Musik. Nicht ganz zu dieser aufgelockerten und gleichzeitig gediegenen Atmosphäre wollte das Verhalten der Arzthelferinnen passen, die sich den Patienten gegenüber schnippisch und arrogant benahmen, so daß ich mir klein und störend vorkam und schon froh war, wenn sie einen etwas freundlicheren Ton anschlugen.

Soll dies alles, fragte ich mich, bereits auf die Behandlung einstimmen? Die geschmackvolle, Gemütlichkeit und Seriosität ausstrahlende Einrichtung, die mir persönlich aber doch Unbehagen einflößte, weil sie mir kühl berechnet vorkam? Das herablassende, launische Gebaren der Sprechstundenhilfen, das den Arzt in einem wohltuenden Gegensatz erscheinen lassen sollte? Und tatsächlich, als ich das Behandlungszimmer betrat – einen mit dunklem Holz verkleideten und mit einem wertvollen Teppich ausgelegten Raum – stand Herr Dr. Limberg von seinem Schreibtischsessel auf und begrüßte mich zuvorkommend. Die Haare hatte er nach vorne gekämmt, um seine Stirnglatze zu verbergen. Nachdem er sich wieder hingesetzt hatte, begann er mit sanfter Stimme Fragen zu stellen, wobei er beinahe jugendlich unbekümmert schien; doch fahrige Bewegungen und eine zeitweise hektische Stimme verrieten innere Unruhe.

Zunächst erkundigte er sich nach den wesentlichen Symptomen meiner Beschwerden, wobei ihn vor allem die psychische Seite interessierte. Dann befragte er mich nach näheren und ferneren Umständen, insbesondere nach Erkrankungen innerhalb meiner Familie.

Tags darauf schickte er mich zu einem Internisten, der mich gründlich untersuchte und außer niedrigem Blutdruck und Untergewicht keine Abweichungen von Normalwerten feststellte; eine körperliche Erkrankung schloß er aus.

Dr. Limberg wünschte mich fortan zweimal wöchentlich zu sehen, da er eine häufige Zusammenkunft für unbedingt erforderlich hielt. Was nun begann, nannte er Gesprächstherapie: Ich durfte reden, wie mir zumute war, ohne daß er mich unterbrach. Nach anfänglichem Zögern erzählte ich bald immer freimütiger Einzelheiten von meinen Ängsten, schilderte meine Empfindungen, Gefühle, Gedanken, sprach über meine Lebensführung, versuchte, meine Nöte zu erklären, plauderte schließlich auch über meine Familie, meine Freunde, über Bücher und Reisen. Dr. Limbergs Beitrag zu unseren Gesprächen, in denen ich weitgehend meine Angst vergaß, bestand in Fragen, in kurzen Hinweisen, in vorsichtigen Deutungsversuchen. Er wollte mich nicht drängen, nicht zwingen, alles sollte von selbst kommen. War es verwunderlich, daß ich mich alleine schon dadurch, daß ich mir meine Not von der Seele reden durfte, erleichtert fühlte? Hier konnte ich meinen Kummer herauslassen, ohne befürchten zu müssen, jemanden zu belasten. Auch wurde ich mit meinen Sorgen ernstgenommen, nichts tat der Arzt als „Einbildung" ab.

Kurzzeitig war mir wohler zumute, doch die Beklemmung blieb weiterhin bestehen und wurde nur notdürftig eingedämmt durch ein Psychopharmakon, das Dr. Limberg mir verschrieb. Nach einigen Therapiestunden erklärte er, eine weitere Behandlung in seiner Praxis sei zum gegenwärtigen Zeitpunkt nicht erfolgversprechend. Er hielt eine gründliche stationäre Untersuchung und Behandlung für erforderlich und empfahl zu diesem Zweck die klinischen Anstalten in einer nahegelegenen Großstadt, die schon Erfahrung in Fällen von Anorexia nervosa hätten; er wolle versuchen, mir trotz voller Bettenauslastung einen Platz zu verschaffen. Anorexia nervosa: Erst später erfuhr ich zufällig, daß mit diesem Fachausdruck Magersucht gemeint war.

IV.

An das Abitur war in diesem Jahr nicht zu denken: Dr. Limberg ließ mich vom Unterricht befreien, da er eine weitere Teilnahme nicht verantworten konnte. Wie hatte ich den erfolgreichen Abschluß doch ersehnt, um die Anstrengungen der Oberprima nicht noch einmal durchstehen zu müssen. Denn angestrengt hatte ich mich in den letzten Wochen mehr und mehr, weil mir das Arbeiten für die Schule immer schwerer gefallen war. Jetzt, da ich nicht mehr so selbstverständlich kräftig und gesund war wie früher, beurteilte ich auch die Zukunft von meinem gegenwärtigen Zustand aus; schon glaubte ich nicht mehr, in absehbarer Zeit wieder so leicht wie früher geistig tätig sein zu können. Selbst beim Lesen in meiner Freizeit stellten sich Schwierigkeiten ein. Noch vor einem halben Jahr hatte ich ohne weiteres ein oder zwei Stunden über einem Buch gesessen, hatte es erst beiseitegelegt, wenn ich mich mit etwas anderem beschäftigen mußte. Doch jetzt fühlte ich mich schon erschöpft, wenn ich länger als 15 Minuten las. Die Angst schwoll an, ich konnte einfach nichts mehr aufnehmen. Dabei schenkte das Lesen mir gerade in dieser schweren Zeit so viel Trost, daß ich nicht darauf verzichten wollte; ja, ich möchte heute rückblickend sogar behaupten, daß das Lesen mir das Leben gerettet hat.

Häufig, wenn die Angst mich besonders heftig umklammerte, fiel es mir schwer, überhaupt zum Buch zu greifen; doch ich zwang mich. Diesen Teil meines Lebens wenigstens wollte ich mir nicht auch noch rauben lassen. Da meine Kräfte, selbst als ich nichts mehr für die Schule zu tun hatte, sich rasch aufbrauchten, mußte ich rationell vorgehen und alles Überflüssige ausschließen. Früher hatte ich auch minderwertige Bücher gelesen. Das konnte ich mir jetzt nicht mehr leisten. Vorbei waren die glücklichen Zeiten, da ich beliebig lang schmökerte; jetzt mußte ich mich danach richten, wann ich einigermaßen aufnahmefähig war. An die Stelle von freudiger Lust trat oft genug eisernes Durchhalten.

Die Eltern wandten mir ihre ganze Liebe zu, ohne mir das Gefühl zu geben, ich sei ein Kranker oder ein Sonderling, den man mit Samthandschuhen anfassen müsse. Ohne ihre Hilfe wäre ich wahrscheinlich der Verzweiflung nahe gewesen, denn was für Aufgaben oder Ziele hätten mich jetzt noch aufrechterhalten sollen? Die Schule jedenfalls war vorerst in weite Ferne gerückt.

Von vielen Freunden mußte ich mich zurückziehen, weil es mich zuviel Anstrengung kostete; nur mit wenigen traf ich mich ab und zu. Fast unmerklich schliefen manche Freundschaften ein, selbst solche, die ich gerne fortgesetzt hätte. Vermutlich war ich in den Augen einiger auch nicht mehr gesellschaftsfähig; was sollten sie denn schon anfangen mit einem, der seine jugendliche Unbekümmertheit verloren hatte und seine Zeit nicht mehr mit Belanglosigkeiten vergeuden wollte – wozu ich inzwischen auch schicke Sozio- und Politdiskussionen rechnete. War ich nicht innerhalb der Gemeinschaft ein Fremdkörper, der den anderen zwar nichts tat, aber eben anders war als sie? Oder bedeutete ich, der Kranke, vielleicht einfach nur eine Überforderung für die Gesunden? Mußten sie mir nicht irritiert und hilflos gegenüberstehen, um so mehr, als sie junge Menschen waren, die nach Entfaltung drängten und sich durch einen kranken Freund darin gestört fühlten? Mir war es doch mit Behinderten ähnlich ergangen: Instinktiv hatte ich sie gemieden.

Einige legten weiterhin Wert auf meine Freundschaft, unter ihnen vor allem Rüdiger, an dem auch ich sehr hing. Er bemühte sich ehrlich um mich; und doch sollte es nicht ausbleiben, daß wir uns in der folgenden Zeit immer mehr entfremdeten. Vielleicht war meine Krankheit der Grund dafür, nicht etwa, weil sie Rüdiger abgestoßen hätte, sondern weil sie eine Änderung meiner Lebenseinstellung bewirkte, wodurch die Wege unserer Entwicklung auseinanderliefen.

*

Endlich wurde ein Bett im Klinikum frei. Nach einstündiger Autofahrt betraten wir das großräumige Gelände der Anstalten. Ich war von der Anreise zu erschöpft, um die unterschiedlichen, teils aus der Zeit um die Jahrhundertwende stammenden, teils nach dem Krieg errichteten Gebäudegruppen näher zu betrachten. Als uns der Vertreter der Ärztin, an die Dr. Limberg uns verwiesen hatte, mitteilte, das freie Bett befinde sich in der geschlossenen Psychiatrischen Abteilung, die offene sei vollständig belegt, lehnten wir entsetzt ab. Ausgerechnet als seelisch Angeschlagener sollte ich mitten unter Geisteskranken untergebracht werden! Lieber noch warten, als mich diesen zusätzlichen Belastungen aussetzen. Ich war, offengestanden, trotz aller Hoffnung auf Heilung erleichtert, erst einmal der Umstellung auf das Fremde und Unübersichtliche entgangen zu sein.

Tags darauf suchten wir Dr. Limberg auf, um uns mit ihm wegen der neu eingetretenen Situation zu beraten – und erlebten ein Donnerwetter. „Wissen Sie, welche Mühe es mich gekostet hat, überhaupt einen freien Platz zu beschaffen?" Uns blieb nichts weiter übrig, als sobald wie möglich wieder hinzufahren; Dr. Limberg sorgte dafür, daß das Bett bis dahin unbelegt blieb.

Freundlich empfing uns Frau Dr. Neumann, die wir bei unserem ersten Besuch nicht angetroffen hatten; sie war als Assistenzärztin des Professors zuständig für die Privatpatienten der Psychiatrie. Diese gepflegte schlanke Frau mit dem kurzgeschnittenen Haar sprach mit uns in einer so selbstsicheren und freundlichen Art, daß ich schon bald dachte: Weshalb nur habe ich mir so viele unnötige Sorgen gemacht? Hier bin ich gut aufgehoben; alles ist doch nur halb so schlimm. Die Selbstverständlichkeit, mit der diese Frau das Problem gleich anging und ihre Meinung darüber zum Ausdruck brachte, ließ jeden Zweifel, ob wir hier an der richtigen Stelle seien, dahinschwinden.

Als weniger angenehm erwiesen sich die anschließenden Anmeldeformalitäten: hierhin gehen, warten, dorthin gehen, warten, etliche Formulare ausfüllen, alle möglichen Fragen beantworten; ich dachte, eigentlich könnte man mich doch gleich wieder entlassen, wenn man mich für so gesund hält, diese Strapazen unbeschadet zu überstehen. Schließlich führte die Ärztin mich in die geschlossene Abteilung, die sich im ersten Obergeschoß eines neugotischen Backsteinbaus befand; das Erdgeschoß beherbergte die Patienten der offenen Station. Ich sollte das Zimmer mit einem jungen Mann teilen, der sofort, als wir eintraten, aufstand und mich freundlich begrüßte.

Kaum hatten die Eltern sich am frühen Abend von mir verabschiedet, dämmerte mir, in welcher Situation ich mich befand. Auf einmal kam ich mir so richtig elend und verlassen vor. Ohne die Eltern, die mir in letzter Zeit besonders nahegestanden hatten, ohne Rüdiger und die wenigen vertrauten Freunde; verzichten zu müssen auf viele meiner Gewohnheiten, die meinem Leben Halt gegeben hatten – für Wochen oder gar Monate; schließlich ohne Psychopharmaka, die meine Not hätten dämpfen können. Hatte man mich vergessen bei der allabendlichen Runde der Nachtschwester? Das war zuviel für mich. Ich verkroch mich in mein Bett und brach in einen Weinkrampf aus. Ralf, etwas älter als ich, ließ mich zunächst einmal gewähren; als die erste Flut vorüber war, begann er wie selbstverständlich über mehr oder weniger Belangloses zu plaudern. Seine Stimme, seine unaufdringliche Teilnahme, seine muntere Art hatten etwas Tröstliches an sich; nach und nach verebbte mein Schluchzen. Draußen hatte inzwischen ein kurzes Frühlingsgewitter die lastende Schwüle des Nachmittags davongejagt; frische, mit Leben erfüllte Luft drang durch das geöffnete Fenster. Erschöpft vom Weinen und den Anstrengungen des Tages, fiel ich bald in tiefen Schlaf.

Als ich am nächsten Morgen erwachte, sah die Welt für mich ganz anders aus: Das Künstliche der Gefühle und Empfindungen war gewichen, ich verspürte neue Kraft, hatte einen klaren Kopf, sah optimistisch der Zukunft entgegen. Ralf war blendender Laune und zu einem gemütlichen Schwätzchen aufgelegt. Auf unseren Wunsch hin servierten die Schwestern uns das Frühstück in der Sitzecke am Ende des Ganges, die wir dem unpersönlich wirkenden Speisesaal vorzogen; von Ruhe konnte an diesem Morgen allerdings keine Rede sein, da viele Mitpatienten vorbeikamen, um den „Neuen" einmal aus der Nähe in Augenschein zu nehmen.

Ralf staunte, daß ich nichts weiter als ein wenig Quark und eine der mitgebrachten Grapefruits aß. Er bat mich um eine der Früchte, die ihm schmeckte. Und von diesem Tag an sah man uns morgens gemeinsam mit Löffeln in

Pampelmusenhälften bohren.

Die Mahlzeit rundeten wir mit einigen Zigaretten ab. Während wir da saßen, warf ich ab und zu einen Blick in den Korridor, der sich von meinem Platz aus gut überschauen ließ. Was für Menschen mochten hier untergebracht sein? Wie sah das Schicksal dieser Kranken wohl aus? Es war mir schon etwas eigenartig zumute, als ich diese in ihrer Seele Geschädigten, in ihrem Verhalten Gestörten beobachtete. Bei vielen spiegelte sich die Krankheit im Gesichtsausdruck oder in den Bewegungen wider, Stumpfheit sprach aus ihnen oder Niedergeschlagenheit, Unruhe oder übermäßige Vergnügtheit. Andere aber schienen, nach ihrem Aussehen und Verhalten zu schließen, ganz normal zu sein.

Nach dem Essen führte Ralf mich durch die ganze Abteilung. Der lange Gang, an dem die Krankenzimmer lagen, mündete in den Speisesaal. Neben der Eingangstür zu unserer Station, die natürlich ebenso verschlossen war wie die Fenster mit den bruchsicheren Scheiben, befand sich eine gläserne Loge für die Schwestern. Aus Glas bestanden auch die Türen, so daß die Patienten in ihren Räumen und auf der Toilette beobachtet werden konnten. Schneller als vermutet gewöhnte ich mich an diese Eigentümlichkeit, deren Sinn ich bald einsah, denn schließlich waren viele der hier Anwesenden selbstmordgefährdet oder konnten für andere gefährlich werden.

Gegen 10.30 Uhr begann die Beschäftigungstherapie. Wir wurden in einem großen Aufzug gruppenweise ins Souterrain befördert, wo uns die Therapeutin bereits erwartete. Sogleich machte sie mich mit den unterschiedlichen Möglichkeiten der Beschäftigung bekannt: Korbflechten, Holzarbeiten, Emaillieren, Modellieren und anderes mehr. Ich entschied mich für das Emaillieren, das mir die am wenigsten anstrengende Arbeit zu sein schien. Schon bald wurde ich von der Fröhlichkeit der Bastelrunde angesteckt; es bereitete mir geradezu Vergnügen, bei Radiomusik und Kaffee mit anderen zusammen zu werken; von Kummer und Heimweh spürte ich jetzt nichts. Die Therapeutin bewältigte ihre Aufgabe gut; wo nötig, erteilte sie Ratschläge oder half mit. Es schien mir hier zuzugehen wie in einem Kindergarten, in dem die Schwestern die Aufmerksamkeit der Kinder durch Spiele oder Malen fesseln. Für mich war es jedenfalls ein angenehmer Zeitvertreib, eine Auflockerung des Tageslaufs, und irgendwie fühlte ich mich – übrigens nicht das einzige Mal in diesen Wochen – an Ferien und Kinderheim erinnert.

Das Mittagessen nahmen wir in unserer bewährten Sitzecke ein. Frau Dr. Neumann hatte mir gestattet, zu essen was und soviel ich wollte, denn Zwang widerspreche den Prinzipien der Therapie. Von diesem Privileg machte ich ausgiebig Gebrauch, so daß fast das ganze Gericht auf dem Teller liegenblieb.

Nach der Mahlzeit wußten wir mangels Programmpunkt nicht, wie wir die Zeit verbringen sollten; so blieben wir einfach sitzen und rauchten aus Langeweile eine Zigarette nach der anderen. Endlich wurde im Speisesaal der Kaffee serviert. Von meinem Platz aus bot sich durch die hohen Fenster ein herrlicher Ausblick auf das nahegelegene Mittelgebirge, ein Bild, das mich in seiner friedlichen Größe mehr als einmal beruhigte.

Es folgte eine Gymnastikstunde, nach der wir wiederum keine festgelegte Beschäftigung hatten; ich nutzte diesen Leerlauf, um Tagebuch zu schreiben. Auf diese Weise rückte ich, ohne es zu beabsichtigen und ohne daß es mir bewußt wurde, ein wenig von dem Krankhaften in mir ab.

Den Abend schließlich verbrachte ich gemeinsam mit den meisten Patienten beim Fernsehen. Im großen und ganzen war dieser Tag unerwartet angenehm für mich verlaufen, und ich hatte mich schneller als erwartet an die Menschen und Einrichtungen gewöhnt.

*

Frau Dr. Neumanns Bitte, einen Lebenslauf zu schreiben, entsprach ich mit Vergnügen, zumal ich auf diese Weise auch nachmittags beschäftigt war. Lebenslauf, dachte ich, bedeutet, so viel wie möglich aus dem eigenen Leben zu berichten. So begann ich, meine Erlebnisse, angefangen mit denen der frühen Kindheit, zu schildern und an Papier nicht zu sparen, bis nach einigen Tagen an die 80 Seiten mit Tinte gefüllt waren. Staunend und scherzend nahm die Ärztin dieses etwas umfangreich geratene „Werk" in Empfang. Fast eine Woche verging, bis sie schließlich mit mir darüber sprach; doch nur die ersten Lebensjahre schienen ihr von Bedeutung zu sein, die kindliche Phantasie- und Märchenwelt, die Träumereien. In ihnen sah sie meine neurotische Konstitution angelegt. Ich wunderte mich, denn eigentlich konnte ich nichts Krankhaftes darin sehen, daß ein Kind sich den Gegenstand seiner Wünsche und seiner Spiele lebhaft vorstellt, daß es nicht in der nüchternen Wirklichkeit der Erwachsenen lebt; bisher jedenfalls hatte ich das für selbstverständlich gehalten.

Die Ausdeutung meiner Lebensgeschichte erfolgte im Rahmen der Gespräche, die diese sympathische Frau bereits ab dem dritten Kliniktag allabendlich mit mir führte.

Da ich ihr vertraute und auf den Erfolg der Therapie hoffte, sprach ich offen zu ihr und beantwortete freimütig alle Fragen. Sie versuchte, mich auf pathologische Verhaltensweisen aufmerksam zu machen, gab Denkanstöße zur Einübung neuer Verhaltensmuster. Ihre Ansichten schienen mir auf gesundem Menschenverstand gegründet.

Die ersten Tage in der Klinik gingen erstaunlich schnell vorüber, nicht zuletzt, weil sie angefüllt waren mit neuen Eindrücken. Ich fühlte mich überraschend wohl und war guter Dinge. Sollte das wenige, was ich hier bisher an Therapie erfahren hatte, bereits gewirkt haben? Oder lag es an der wohltuenden, gelösten Atmosphäre, den freundlichen Schwestern, die sich alle erdenkliche Mühe gaben, an den Mitpatienten, zu denen ich mich immer mehr hingezogen fühlte, und vor allem an dem fast ständig gut aufgelegten Ralf, mit dem ich mich inzwischen angefreundet hatte?

Als weniger angenehm empfand ich die ärztlichen Untersuchungen, oder vielmehr die Umstände, die mit ihnen verbunden waren: lange Wartezeiten, manchmal auch lieblose Abfertigung, als ob man ein Ding wäre und nicht ein Mensch. Mehr von der komischen Seite nahm ich eine Prüfung ganz anderer Art: Ein Intelligenztest sollte Aufschlüsse über meine Fähigkeiten und meinen Charakter geben. So stellte ich also beim Ticken der Stoppuhr bunte Würfel in bestimmten Folgen auf, ergänzte Wortserien, löste Rechenaufgaben und setzte kleine Geräte zusammen. Endlich teilte man mir meinen Intelligenzquotienten mit und wie es um meine mathematischen, sprachlichen und praktischen Begabungen bestellt sei. Ich weiß nicht, auf welche Weise diese Ergebnisse therapeutisch verwertet wurden; jedenfalls sollte sich später herausstellen, daß die Ärzte sich hinsichtlich meines Gesundheitszustands trotz ihrer Erkenntnisse über meine Persönlichkeitsstruktur beschämend leicht von mir täuschen ließen.

Als die Eltern mich besuchten, berichtete ich ihnen freudig über die ersten Erfolge der Therapie. Ich war selbst von dem Fortschritt überrascht, konnte es kaum glauben, mißtraute voreiligem Jubel und ließ doch zu, daß neue Hoffnungen in mir erwachten. Warum denn immer pessimistisch sein?

Von Frau Dr. Neumann erfuhren die Eltern in einer kurzen Unterredung, daß nach den anfänglichen Erfolgen ein kleiner Rückfall möglich sei – aber wäre das wirklich so schlimm, da es doch grundsätzlich bergauf gehe? Als ich die Eltern bei milder Abendluft ans Auto brachte, plauderte ich so munter wie lange nicht mehr.

Tags darauf rief Rüdiger an. Ich ertappte mich dabei, mit ihm über meine Zukunftspläne zu sprechen; eine Woche zuvor hatte ich mich noch für lebensuntüchtig gehalten. Entsprangen meine Pläne nur dem gegenwärtigen Optimismus, oder waren sie auch instinktive Eigentherapie, indem sie mir Ziele vor Augen führten, die neue Lebenskraft in mir weckten?

Abends saß ich, wenn wir nicht gerade fernsahen, mit Ralf zusammen in der Sitzecke und lauschte den Berichten über sein Leben. Viele Einzelheiten kannte ich schon, und doch wußte ich häufig die Zusammenhänge nicht herzustellen. Offenbar führte er eine unglückliche Ehe, hatte auch Schwierigkeiten mit seinen Eltern; doch weshalb war er überhaupt hier? Er hatte zu trinken begonnen und machte auf mich doch so gar nicht den Eindruck eines Alkoholikers. Wie ich durfte er die Station nach Belieben verlassen, doch nur in Begleitung – die Gründe hierfür blieben mir verborgen.

In einigen Tagen sollte er entlassen werden; der Gedanke daran bedrückte mich, denn mit ihm würde ich einen guten Freund aus den Augen verlieren, der mir geholfen hatte, mich hier schnell einzuleben und wohlzufühlen. Zwar freute ich mich für ihn, doch an wen sollte ich mich zukünftig halten?

Etwa vier Wochen, hatte Frau Dr. Neumann mir schon angekündigt, müsse ich hierbleiben.

Jan, der sich als junger Lehrer vorgestellt hatte, setzte sich zu uns an den Tisch. Er halte sich hier auf, erzählte er, um sich zu verbergen. Unter dem Siegel strengster Verschwiegenheit vertraute er uns an, daß er vor Ostagenten fliehen müsse. Sogar in diesem Haus sei er nicht sicher; erst vor kurzem sei er mit knapper Not einem Attentat entgangen, flüsterte er uns zu, und wies auf eine Bruchstelle im Fenster, die tatsächlich wie ein Einschußloch aussah. Eine Weile war ich geneigt, seine geheimnisvollen Andeutungen für bare Münze zu nehmen, mit solch einer Glaubwürdigkeit brachte er sie vor; doch bald erkannte ich, daß er an einer schweren Geistesstörung litt.

Schon an diesem Abend wirkte Jan unruhig und gereizt; am folgenden Tag steigerte sich seine Aggressivität derart, daß er Ärzte und Pfleger beschimpfte, sie anrempelte, schließlich mit dem großen Essenswagen über den Gang raste und ihn gegen die gläserne Loge neben dem Stationseingang donnern ließ; zum Glück wurde niemand verletzt. Über die Gelassenheit der Schwestern konnte ich nur staunen. Sie behandelten ihn die ganze Zeit über freundlich, wenn auch bestimmt. Auf unsere

Frage, ob es nicht möglich sei, die Mitpatienten vor Jan zu schützen, antworteten sie, sie könnten nur versuchen, durch Medikamente seine Unruhe zu beseitigen. Solange der Arzt keine weiteren Anweisungen gebe, seien ihnen die Hände gebunden.

Die Gesprächstherapie gehörte wie die Beschäftigungstherapie zu meinem täglichen Programm. Auch andere Methoden der Heilbehandlung lernte ich kennen; so nahm ich mit etwa 20 weiteren Patienten am autogenen Training teil. In einem abgedunkelten Raum sitzend, sollten wir uns bei geschlossenen Augen vorstellen, daß z.B. der rechte Arm ganz schwer werde; und tatsächlich, meiner fühlte sich an, als ziehe ein Magnet ihn herab. Die Leiterin sah in dieser Wahrnehmung bereits einen großen Erfolg; meine eigene Begeisterung hingegen hielt sich in Grenzen. Auch bei späteren Wiederholungen wurde der Arm jedesmal ordnungsgemäß schwer, doch bezweifelte ich den therapeutischen Wert, denn mein Blähbauch verkrampfte sich dafür um so mehr.

Die Musiktherapie erlebte ich nur einmal. Jeder Patient durfte sich unter verschiedenen einfachen Instrumenten wie Pauke oder Triangel eines wählen; dann wurden wir gebeten, spontan zu spielen. Erklärtes Ziel: Die Instrumente sollten zu einem harmonischen Zusammenklang finden, die Töne einander begegnen, wie auch wir Menschen aufeinander zugehen, eine kommunizierende Beziehung aufbauen sollten. Das Ergebnis des Spiels war ein wüstes Lärmen. Der Therapeut sah wenig zufrieden aus; er deutete an, daß wir seiner Meinung nach nicht spontan genug aus uns herausgegangen seien.

Voll Freude erwartete ich am Samstag den Besuch der Eltern. Entgegen ihrer Ankündigung trafen sie erst am

Nachmittag ein, was mich in beträchtliche Aufregung versetzte. Ich war den Tränen nah, als sie endlich eintrafen. Warum nur brachte mich diese Verspätung derart aus der Fassung? War mein seelisches Gleichgewicht noch so leicht zu stören?

Bei einem Parkspaziergang erzählte ich ihnen von meinem Vorsatz, den ich aufgrund der Gespräche mit Frau Dr. Neumann gefaßt hatte: mich anderen Menschen gegenüber um größere Aufgeschlossenheit zu bemühen. Ich erklärte ihnen, daß ich dann eher in der Lage sei, meine Ängste ihnen gegenüber abzubauen. Erstaunt hatte mich allerdings Frau Dr. Neumanns Ansicht, ich sei kontaktarm. Meine Erklärung, daß die Ängste mich nötigten, die Anzahl der Freundschaften einzuschränken, stellte sie wohl nicht zufrieden.

V.

Gemischte Gefühle beim Umzug in das Einzelzimmer, das in der offenen Station meine neue Bleibe sein sollte: Einerseits mußte ich mich jetzt nicht mehr in Jans Nähe aufhalten – sein letzter Tobsuchtsanfall hatte auch meine Eltern derart erschreckt, daß sie mich sofort mit nach Hause nehmen wollten –, andererseits vermißte ich Ralf, auch wenn er mich mehrmals täglich besuchte.

Der erste Tag auf „Psycho I", wie wir die offene Abteilung nannten, verlief besser als erwartet. Bei einem Nachmittagsspaziergang im Grünen lernte ich ein Mädchen kennen, das während des Abiturs einen Zusammenbruch erlitten hatte und mir ausführlich die Einzelheiten erzählte; bald fiel mir auf, daß es bei den Patienten dieser Abteilung zum guten Ton gehörte, die eigenen Krankheiten und Probleme den anderen mitzuteilen. Dieses Verhalten hielt ich schnell für selbstverständlich; und als an diesem Abend ein junger Mann ein längeres Gespräch mit mir führte und dabei mit keinem Wort seine Schwierigkeiten erwähnte, vermutete ich bei ihm sogleich Mißtrauen mir gegenüber.

Weniger verschlossen zeigte sich am nächsten Morgen eine junge Frau, die mir durch ihr übertriebenes Make-up und das grellfarbige, extravagant geschnittene Kleid, das ihre magere Figur betonte, schon von weitem auffiel. Ohne große Umschweife setzte sie sich zu mir an den Frühstückstisch. Ich sei wohl neu hier, fragte sie mich freundlich, um gleich darauf zu erzählen, daß sie schon seit fünf Monaten in dieser Klinik weile. Was ihre Krankheit sei? Ach, so einfach könne sie das nicht sagen, da gebe es eine lange Vorgeschichte. Adoptivkind sei sie gewesen, streng erzogen von ihrer dominanten Mutter, dann Pech in der ersten Ehe, auch von dem zweiten Partner fühle sie sich nicht verstanden, er gewähre ihr nicht genügend Freiraum für ihre Selbstentfaltung. Na ja, sei es denn ein Wunder, wenn solche Beziehungsschwierigkeiten sich irgendwie psychisch auswirken würden?

Mir fiel auf, daß Vanessa nichts weiter als ein Stückchen Kuchen auf ihrem Teller liegen hatte, von dem sie gelegentlich eine Winzigkeit abbiß. Als wir auf meine Ängste zu sprechen kamen, fragte sie mich, ob ich ein Wunschkind gewesen sei oder meine Eltern mich vielleicht abgelehnt hätten. „Die Ursachen für Ängste", begründete sie ihre Frage, „sind meistens in der frühen Eltern-Kind-Beziehung konstituiert; sogar schon in der vorgeburtlichen Phase findet eine emotionale Beeinflussung statt."

Am Nachmittag berichtete Ralf mir, daß er in drei Tagen entlassen werde. Ich wußte, der Abschied würde mir schwerfallen, doch mußte ich nicht versuchen, auch mit anderen Menschen zurechtzukommen? Hier auf „Psycho I" würde ich mich umstellen müssen; in der „Geschlossenen" war man einander näher, fühlte sich behüteter, zugleich herrschte mehr Leben, mehr Bewegung. Hier hingegen, in der ruhigeren Umgebung, kam ich mir einsamer vor und langweilte mich eher; wenn sich aber etwas tat, ging es gleich erregt zu. Man begegnete einander distanzierter, wenn auch nicht ohne Herzlichkeit.

In den zwei Wochen meines bisherigen Klinikaufenthalts war mein Körpergewicht weiter gesunken, obwohl es mir seelisch besser ging. Frau Dr. Neumann, die mich bisher in meinem Eßverhalten frei hatte gewähren lassen, sorgte sich nun doch um meine körperliche Gesundheit und verordnete mir Sahnekost. Ich mußte sehr gegen mein inneres Sträuben ankämpfen. Aber ich sah ein, daß die Ärzte Ergebnisse brauchten; gut, sie sollten sie haben. Ich tröstete mich damit, daß das nur vorübergehend sei und ich zu Hause wieder essen könne, wie ich wollte. Auch mit meiner Kontaktfreude, an der ich vor Beginn der Psychotherapie eigentlich überhaupt nicht gezweifelt hatte, sollten sie künftig zufrieden sein. Fortan ließ ich mich mehr als vorher in größeren Gruppen sehen und nahm lebhafter an allen möglichen Gesprächen teil, zumindest dann, wenn Ärzte oder Therapeuten sich in der Nähe aufhielten. Dies fiel mir um so leichter, als eine tiefergehende Freundschaft in „Psycho I" ohnehin nicht zustande kam.

Frau Dr. Neumann äußerte sich befriedigt über meine Fortschritte. Mein häufiges Zusammensein mit Ralf hatte sie nur ungern gesehen, da es der Öffnung anderer gegenüber hinderlich gewesen sei. Übrigens begrüßte sie es auch nicht, daß die Eltern mich mindestens zweimal wöchentlich besuchten; solch enge Bindungen, meinte sie, seien Ausdruck eines infantilen Besitzbedürfnisses und würden mich in meiner Freiheit einschränken; ich müsse danach streben, unabhängig zu sein, mein Leben selbst zu bestimmen. Sie bat meine Eltern eindringlich, mich eine Woche lang nicht zu besuchen. Zwar begriff ich nicht so recht den therapeutischen Wert, aber die erfahrene Ärztin würde schon wissen, weshalb sie dies anordnete.

Sie empfahl mir, eine eigene Wohnung zu nehmen und mich von dem Einfluß der Eltern zu lösen. Ich hielt ihr entgegen, daß es mir zur Zeit nicht möglich sei, alleine zu leben; körperlich wie seelisch gehe es mir noch zu schlecht, ich sei auf die Hilfe anderer einfach angewiesen. Da ich mich mit den Eltern gut verstand, konnte ich nicht einsehen, warum nicht sie mir die notwendige Unterstützung geben sollten – sie, die meine Bedürfnisse und Eigenarten kannten, meine Nöte am besten verstanden. Es waren nicht vorwiegend die Gefühlsbindung oder Trennungsängste, die dem Aufbau einer eigenen Existenz entgegenstanden, es war vielmehr die Angst, die aus der körperlichen Schwäche und Beschädigung erwuchs, aus körperlicher Hilflosigkeit und nicht geistig-seelischer Unmündigkeit; dieselbe Angst, die meine Bekanntschaften und meine Freizeitbeschäftigungen begrenzt hatte.

Doch Frau Dr. Neumann winkte ab und erklärte mir, daß die primäre Ursache meiner Störung aus einer psychischen Konfliktsituation resultiere, die Störung somit psychosomatisch sei, mit anderen Worten, daß der Körper nur das Seelische widerspiegele.

Meine Stimmung, die sich schon im Laufe der Woche verschlechtert hatte, erreichte am Sonntag einen Tiefpunkt. Das Bestreben der Ärztin, meine Eltern und mich auseinanderzubringen, meine verstärkten Darmbeschwerden wegen der Sahnekost, das schlechte Wetter und die vielen Stunden des Leerlaufs – das alles verdroß mich.

*

Schließlich war ich doch – durch Abstimmung der übrigen Teilnehmer – in die Therapie-Gruppe aufgenommen worden. Vanessa, mit der Gruppenarbeit bereits vertraut, bereitete mich ein wenig vor, warnte mich auch, daß häufig die anderen versuchten, einen fertigzumachen.

Lag es an dem üppigen Abendessen oder an der beklemmenden Atmosphäre, daß ich mich während der ersten halben Stunde so bedrückt fühlte? Dr. Radoblatt leitete die Runde; seine Aufgabe bestand offenbar darin, mit ausgestreckten Beinen und verschränkten Armen auf seinem Stuhl zu sitzen und – zu schweigen, mit finsterer Miene, unbewegt. Nie habe ich ihn anders gesehen; er wartete einfach ab, was sich ereignen würde. Wir saßen jetzt ebenso stumm da, ließen unseren Blick von einem zum anderen wandern oder schauten starr vor uns hin. Die Minuten verrannen, nichts geschah. Bis endlich einer, der die Regeln bereits kannte, das Gespräch eröffnete, indem er sich bei uns Neulingen nach dem Grund unseres Klinikaufenthaltes erkundigte. Was jetzt folgte, waren Berichte von Krankheiten, Darstellungen eigener Probleme und Nöte, Meinungen, Provokationen, aggressive Ausbrüche, Äußerungen des Ekels vor dieser beschissenen Welt. Ich erschrak über das Elend, das sich hier offenbarte; soviel Leid war mir nun doch noch nicht widerfahren. Wie konnte ich da wagen, meine eigenen Sorgen vorzutragen? Lieber wollte ich die anderen, die es nötiger als ich hatten, reden lassen. Gewiß mußten diese Ausbrüche erfolgen, wenn sich jahrelang soviel Unheilvolles angestaut hatte. Je größer der Ausbruch – so erkannte ich –, um so besser die Chance der Aufarbeitung.

Die teilnehmenden Therapeuten folgten dem Beispiel des Meisters. Nur wenn ein Patient allzu sehr in die Schußlinie der Angriffe und Anschuldigungen seiner Mitpatienten geriet, oder wenn er unter Tränen den Haß auf seinen Vater bekannte – dem er, was ihm erst jetzt bewußt wurde, den Tod gewünscht hatte –, dann ging eine der den Arzt flankierenden Psychologinnen auf ihn zu, umarmte und tröstete ihn.

Im Verlauf mehrerer Therapiestunden verspürte auch ich das Bedürfnis, meine seelischen Schwierigkeiten auszudrücken. Doch wie sollte ich mich artikulieren, da mir das psychologische Vokabular fehlte, um mich den anderen ausreichend verständlich zu machen? Was wußte ich schon von Verdrängung, Übertragung und Widerstand zu sagen, von der Kompensation meiner Minderwertigkeitsgefühle, von Machtstreben, Bedürfnisbefriedigung, libidinösen Trieben, von emotionaler Besetzung, interaktiver Kommunikation oder Regression in infantile oralerotische Phasen? Schilderungen in gewöhnlicher Umgangssprache fanden in dieser Runde nicht die Aufmerksamkeit, die ich mir für eine Offenlegung meines Innenlebens nun doch gewünscht hätte.

Auch brachte ich nicht die bewundernswerte Courage einiger der Teilnehmer auf, die die ganze Gruppe freimütig an ihrer seelischen Bedrängnis, oft unter lautem Schluchzen oder begleitet von Kraftausdrücken, teilnehmen ließen. Schließlich war ich auch insofern hilflos, als ich nicht wußte, welche Einzelheiten ich erzählen sollte. An den Symptomen meines Unwohlseins schien keiner interessiert. Im Gegensatz zu vielen anderen fielen mir aber auch keine zwischenmenschlichen Konflikte ein, über die ich mich eingehender hätte auslassen können; was sollte ich denn schon über eine gestörte Beziehung zu meinen Eltern oder über Traumerlebnisse berichten? War es unter diesen Umständen verwunderlich, daß die anderen mich immer weniger befragten und mich schließlich gar nicht mehr zur Kenntnis nahmen?

Natürlich sollte und konnte diese Gruppentherapie bei einem Patienten, der wie ich nur wenige Wochen oder vielleicht auch Monate in der Klinik behandelt wurde, keine Heilung herbeiführen; eher war sie als Anregung gedacht, nach der Entlassung einer anderen Gruppe beizutreten, um in ihr weiterhin unbewältigte Traumata aufzudecken und ein geändertes Verhalten einzuüben – ein

Umlernprozeß, der verständlicherweise nicht in zwei, drei Jahren abgeschlossen sein konnte.

Durch die Gruppengespräche erlebte ich hautnah mit, unter welch schweren seelischen Nöten auch andere litten; angesichts dieser gehäuften Probleme erfaßte mich Angst vor dem unberechenbaren Leben, vor meiner eigenen ungewissen Zukunft. Und doch tat es mir auch gut, mit Menschen zu sprechen, die ihr eigenes Leid befähigte, mehr Verständnis für andere aufzubringen.

Ein Mann schilderte in erschütternder Weise, wie er das Siechtum seines schwerkranken Vaters miterleben mußte und nun an organisch nicht erklärbarer Lähmung litt. Noch deutlich steht mir seine Verblüffung vor Augen, als der auf Traumdeutung spezialisierte Therapeut ihm nach einer Reihe von Sitzungen begeistert eröffnete, bei seinem Traum der vergangenen Nacht, in dem er sich vor einem Haufen vermodernder Kaninchen geekelt hatte, handele es sich um das langerwartete Schlüsselerlebnis.

Ein anderer versuchte stotternd und mit unbeholfenen Worten, seine Befangenheit in größerer Gesellschaft zu veranschaulichen. „Sehen Sie", erklärte ihm eine Ärztin, „ich halte hier zwei Farbtöpfe in den Händen. Der mit der blauen Farbe ist Ihr ,Ich', der mit der roten Ihr ,Über-Ich'. Die Töpfe sind jetzt getrennt, weil ,Ich' und ,Über-Ich' nicht hinreichend kommunizieren, und daraus kommen dann die Identitätsprobleme. Und so" – bei diesen Worten stellte sie die Gefäße übereinander – „müßte das laufen, wenn Sie gesund sein wollen." In dem Moment lachte ich laut auf, sah dann aber ein, daß ein solches Verhalten unangebracht war.

*

Über Pfingsten durfte ich nach Hause fahren. Wie froh war ich, mich wieder auf meiner Bettcouch zu räkeln, umgeben von Bücherregalen, den Blick durch das offene Fenster auf grünende Bäume zu werfen, Musik zu hören, nach einem Buch zu greifen – obgleich mich ein wenig das schlechte Gewissen plagte, hatten mir die Ärzte doch eingeschärft, ich dürfe mich nicht isolieren. Ich genoß den milden Frühlingsregen und das Gelärme der Vögel in der Abenddämmerung.

Wie wohl tat es mir, mich wieder in vertrauter Umgebung zu befinden; endlich einmal nicht nur ständiges Diskutierten und Analysieren, endlose Krankheiten und Probleme. Auf die Dauer bedrückte mich die Krankenhausluft, trotz der guten Behandlung durch die Ärzte und Schwestern, trotz freundschaftlicher Begegnungen.

Rüdiger kam auf einen Sprung bei mir vorbei; er freute sich aufrichtig, mich wiederzusehen, besonders, da er mich in unerwartet guter Verfassung antraf. Abends spazierte ich mit den Eltern durch den Benrather Schloßpark, über dessen Weihern ein Dunstschleier hing. Wie hatte ich mich danach gesehnt, den Park wieder durchstreifen zu dürfen, wie ich es so oft in meiner Kindheit und Jugend getan hatte; wieder im Schatten seiner hohen Bäume die Wege entlangzugehen, den Vogelstimmen zu lauschen, mich einfach der Atmosphäre des Friedens hinzugeben.

Am liebsten wäre ich nicht mehr in die Klinik zurückgekehrt; ich erinnerte mich nur ungern der vergangenen Woche, da Ralf entlassen wurde, Frau Dr. Neumann verreist war und Ärzte wie Patienten gereizt wirkten.

Die Tage nach Pfingsten wurden für mich fast unerträglich. In der Therapiegruppe nahmen die heftigen Vorwürfe einzelner Teilnehmer zu, wobei vor allem ein wehrloser junger Mann zum Opfer auserkoren wurde. Ein Patient berichtete von seinem 20jährigen Leidensweg, von seinen ernüchternden Erfahrungen mit Dutzenden von Ärzten; ein anderer, der unter Zwängen litt, hatte in zwei gescheiterten Ehen bittere Enttäuschungen erlebt. Auf der Station kehrte keine Ruhe ein, eine ältere Frau machte durch ihr hysterisches Benehmen ständig auf sich aufmerksam. Vanessa ging es seit einigen Tagen ersichtlich schlechter; auch sie empfand das Krankenhausklima als immer bedrückender. Dabei hätte ich gerne geholfen, sei es auch nur durch Zuhören, aber ich konnte mich von der allgemeinen Stimmung nicht distanzieren, sie färbte auf mich ab.

Dann die Enttäuschung mit Dr. Ullrich, Frau Dr. Neumanns Vertreter. Als ich ihn aufsuchte, überflog er den Krankenbericht und fragte mich unvermittelt, wie ich mich denn diesmal mit meiner Mutter verstanden hätte. Im ersten Moment war ich zu verblüfft, um mich über diese Frage, die mir so abwegig erschien, zu ärgern. Hatte er sich aus Zeitmangel nicht mit den genaueren Umständen meiner Erkrankung befassen können? Insgeheim stieg aber der Verdacht in mir auf, seine Frage sei einer Checkliste über Symptome und ihre Ursachen entnommen, nach der der Grund für Angstzustände immer in einem gestörten Verhältnis zu Mutter oder Vater zu suchen sei.

Endlich stand es fest: Am Freitag würde ich entlassen. Wie hatte ich diesen Zeitpunkt herbeigesehnt! Immerhin hatte ich brav mitgespielt. Zwei Begebenheiten des letzten Tags haften mir noch deutlich im Gedächtnis, eine erschreckende und eine eher heitere. Vanessa befiel während des Mittagstisches eine unglaubliche Eßgier – noch nie hatte ich gesehen, wie ein Mensch solche Unmengen von Nahrung in sich hineinschaufelte. Dieser Anblick erstaunte und entsetzte mich. Dann verschwand sie in Richtung Toilette und kehrte einige Zeit später, augenscheinlich erleichtert, zurück. Sie deutete an, daß ihr Mann sie besucht und dieser Besuch sie sehr erregt habe.

Am Nachmittag schließlich noch eine Stunde Maltherapie. Wir sollten die Farben ganz nach unseren Belieben verwenden; zu Papier bringen, was immer wir nur wollten; anschließend, erklärte die Therapeutin, würden wir gemeinsam über die Bilder sprechen und sollten dabei freimütig unsere Meinung äußern. Ein Mitpatient, der bereits einmal an einer solchen Stunde teilgenommen hatte, riet mir, das Thema meiner künstlerischen Bemühungen nicht gedankenlos zu wählen.

„Paß auf, wenn du eine leere Parkbank malst, werden sie dich fragen: Warum sitzt niemand darauf? Wenn ein einzelner Mensch auf der Bank sitzt, möchten sie wissen, weshalb er so einsam und alleingelassen ist. Und wenn du die Figur etwas zu klein oder zu groß malst, werden sie sagen, daß dieser Mensch, mit dem du unbewußt dich selbst meinst, entweder sich von der Umwelt erdrückt fühlt oder sich vor sich selbst stärker macht, als er wirklich ist."

Das schien mir übertrieben, doch er sollte Recht behalten: Genauso vollzogen sich die Interpretationen. Ein wenig übermütig wegen der bevorstehenden Abreise, nahm ich die Therapeutin beim Wort und sagte, was ich meinte: daß mir diese Deutungen lächerlich erschienen. Sogleich verhärtete sich ihr Gesicht, und kalt wies sie mich zurecht.

VI.

Endlich wieder zu Hause, in vertrauter Umgebung; endlich wieder meine Eltern und Freunde, mein Zimmer, den Schloßpark, die Stadt – und nicht zuletzt meinen eigenen Speiseplan. Wieder regelmäßig spazierengehen und lesen können. Gleich am ersten Tag bummelte ich durch die Geschäftsstraßen und schaute bei Rüdiger vorbei.

Eigentlich konnte ich froh sein: Es ging mir jetzt erheblich besser als vor dem Klinikaufenthalt. Zwar griff ich nach wie vor mehrmals täglich zu Schmerztabletten, aber immerhin brauchte ich jetzt keine Psychopharmaka mehr. Zwar trank ich übermäßig Kaffee und rauchte wie selten zuvor, doch meine Angst war weitgehend abgeklungen, ich fühlte mich körperlich gekräftigt. Was mochte wohl zu dieser Besserung beigetragen haben? Vermutlich hatten die Therapien einiges bewirkt. Wesentlich war wohl auch die Ortsveränderung gewesen, das Neue, zuweilen Ferienhafte. Und schließlich: Hatte nicht dadurch, daß ich das Leid anderer kennenlernte, mein eigenes an Bedeutung verloren?

Dennoch überkamen mich auch pessimistische Gedanken. Insgeheim befürchtete ich, daß meine Welt doch noch nicht so ganz in Ordnung sei; bisher waren jedesmal, wenn ich gewagt hatte, aufzuatmen, neue Schläge gekommen.

Dr. Limberg, den ich nach einer Woche aufsuchte, zeigte sich zufrieden über meine Fortschritte. Er empfahl mir dringend, eine weitere Therapie anzuschließen. Gruppenarbeit könne er leider noch nicht anbieten, da er erst allmählich eine Gruppe aufbauen müsse; doch nach seinem Sommerurlaub wolle er mit der Einzelbehandlung beginnen.

Bis dahin konnten mir ja Frau Dr. Neumanns Ratschläge Richtschnur sein; wichtig war jetzt, sie in die Tat umzusetzen. Ich mußte also die Zukunft bewußter gestalten und mein Leben in die Hand nehmen, sollte auf meine Mitmenschen zugehen und mich ihnen öffnen. Was wäre hierzu geeigneter gewesen, als mich Freunden anzuschließen, wenn sie etwas unternahmen?

Die erste Gelegenheit, bekannte Gesichter wiederzusehen, bot Rüdigers Geburtstagsfeier. Leider erwies es sich als fast unmöglich, alte Freundschaften aufzufrischen, da durch die laute Musik ein vernünftiges Gespräch nicht zustandekommen konnte. Als sie später leiser gestellt wurde und ich in einem kleinen Kreis über die Erlebnisse in der Klinik und über meine Schwierigkeiten zu berichten versuchte, hatte ich das Gefühl, daß niemand begriff, worum es mir eigentlich ging; sicherlich waren sie mit den Gepflogenheiten gruppentherapeutischer Kommunikation nicht vertraut. Ich mußte an Vanessas Bemerkung denken, daß auch Gesunde gut daran täten, sich im Umgang miteinander, etwa durch Rollenspiele, einzuüben. Im Augenblick war es das Beste, mich den Umständen anzupassen, mitzureden über die geplante Demonstration und über den Skandal in der Rock-Szene. Lange vor den übrigen Gästen verließ ich die Feier und fiel todmüde ins Bett.

Am Sonntag darauf besuchten Rüdiger und ich das Düsseldorfer Kunstmuseum. Ich war froh, mit ihm alleine etwas zu unternehmen; jetzt konnten wir uns in aller Ruhe unterhalten, was in größerer Gesellschaft nicht möglich zu sein schien.

Es war sicherlich sehenswert, was sich unseren Blicken

an Malerei und Plastik der letzten 200 Jahre bot; doch die Unruhe, die vor allem von der moderneren Kunst ausging, und die Fülle der Eindrücke verwirrten mich schließlich so sehr, daß mir übel wurde und ich rasch an die frische Luft mußte. Es war nicht das erstemal, daß allzuviele Sinnesreize – insbesondere dann, wenn sie meinem Schönheitsempfinden zuwiderliefen – mein körperliches Befinden beeinträchtigten.

Als Rüdiger und ich auf dem Heimweg unsere Meinungen über Kunst austauschten, hatte ich das Gefühl, daß wir einander gut verstanden. Aber reichte das auf Dauer für eine wahre Freundschaft aus? Stand einer wirklichen Gemeinsamkeit nicht entgegen, daß es zu wenig Berührungspunkte gab, daß er, für meine Vorstellung, zu viele Bekannte hatte, zuviel sah, hörte, erlebte? Auch diese Besichtigung war für ihn einfach eine neue Variante der Freizeitgestaltung: neben Sport, Kino, Feten, Politaktionen nun auch einmal Kultur – ein Programmpunkt unter vielen, der ebensowenig wie die anderen einen tieferen, fortdauernden Eindruck bei ihm hinterließ. Für Rüdiger wie auch für meine sonstigen Freunde bestand kein wesentlicher Unterschied darin, ob sie sich einen James-Bond-Film anschauten, einer Kunstperformance beiwohnten oder ein Museum besuchten, ob sie an einem Fußballspiel, einer Demo oder einem Open-Air-Konzert teilnahmen oder – wenn es sich einmal so ergab – den Kölner Dom besichtigten.

*

Mit neuem Mut versuchte ich nach den Sommerferien noch einmal mein Glück in der Oberprima und kam nun in eine Klasse mit meinem um ein Jahr jüngeren Cousin Jürgen, der bis vor kurzem in Essen gewohnt hatte. Zwischen uns, die wir bisher kaum Kontakt miteinander gehabt hatten, entwickelte sich eine Freundschaft. Bald verbrachten wir manche freie Stunde miteinander.

Mit der Schule kehrte der Leistungsdruck zurück. Nicht mehr an Arbeit gewöhnt durch die monatelange Unterrichtsbefreiung und immer noch nicht ganz gesund, zehrten die Anforderungen erheblich an meinen Kräften. Es fiel mir schon nicht leicht, auch nur eine Stunde lang auf dem Stuhl zu sitzen: Das Blut schien zu stocken, die Blähungen preßten gegen das Zwerchfell, raubten mir den Atem und quetschten die Eingeweide zusammen. Mir wurde schwindelig, ich fürchtete, in Ohnmacht zu fallen. Mein Kopf war wie aus Gummi; ich konnte, während die Minuten dahinschlichen, kaum mehr einen klaren Gedanken fassen, ja ich wollte es eigentlich auch nicht, um meine Kräfte nicht völlig zu erschöpfen, um Reserven zu behalten für die weiteren Unterrichtsstunden, um überhaupt irgendwie über den Tag zu kommen.

Mit der Schwäche trat auch die Angst wieder verstärkt auf – Grund für mich, weniger zu essen, damit ich mir leichter, nicht so beengt vorkäme, die Übersicht über mein Leben behielte, nicht durch den von der Nahrung eigenartigerweise verstärkten Hunger zusätzlich verwirrt, aus der Bahn geworfen würde. Fast mehr noch als die Schwäche fürchtete ich das Chaos – schreckte mich die Furcht, von der Wirrnis eingeholt zu werden.

Dr. Limberg, den ich wegen der wieder aufgetretenen Beschwerden aufsuchte, verschrieb mir erneut Psychopharmaka. Sie sollten mir vorübergehend helfen, da die Gesprächstherapie mich nicht von heute auf morgen heilen könne; außerdem käme ich dann entspannter zu den Sitzungen.

Einen gewissen Ausgleich zu den täglichen An-strengungen schuf ich mir mit einer abendlichen „stillen Stunde". Niemand durfte mich in meinem Zimmer, in das ich mich für diese Zeit zurückzog, stören. Wenn ich dann Musik von Beethoven, Chopin oder Schumann hör-te, dazu ein oder zwei Gläschen Kirschwasser trank und die verschriebenen Medikamente zusammen mit einigen Schmerztabletten schluckte, fühlte ich mich vorüber-gehend befreit vom Druck der Anforderungen und be-schützt vor Verletzungen durch die Umwelt. Anfangs nahm ich auch noch ein Buch; später, als ich zum Lesen zu schwach war, dunkelte ich den Raum ab, legte mich aufs Bett und geriet beim Anhören der Musik in einen sü-ßen tranceähnlichen Zustand, der mich sogar befähigte, gegen Ende der Stunde vier, fünf Minuten zu lesen. Jetzt brauchte ich meine Kräfte nicht mehr lange anzuspannen und daher ihre vorzeitige Erschöpfung nicht zu befürch-ten: Während des abendlichen Fernsehens mit den Eltern wurden keine Leistungen mehr von mir verlangt, ich durfte mich einfach fallenlassen.

Vielleicht lag es auch an den Tabletten, sicherlich aber an meinem körperlichen Befinden, daß meine Stimmung in letzter Zeit stark schwankte. Fühlte ich mich etwas kräftiger, so konnte ich bester Laune sein; dann glaubte ich, von aller Welt geliebt zu werden. Ging es mir wieder schlechter, neigte ich in übertriebener Weise zu Nieder-geschlagenheit, Argwohn, auch zu Empfindlichkeit: Aus den Worten anderer hörte ich allzu schnell Vorwürfe we-gen schlechter Leistungen oder unfreundschaftlichen Verhaltens heraus; blickte jemand mürrisch, fragte ich mich gleich, was ich ihm denn angetan hätte.

*

An einem kühlen Herbstnachmittag suchte ich Dr. Limberg wegen der vereinbarten Gesprächstherapie auf. Gleich zu Beginn fragte er mich, wie es mit meinem Verhältnis zum anderen Geschlecht stehe. Ich schüttelte den Kopf: Eine Freundin hatte ich nicht. Den geschlechtlichen Trieb verspürte ich kaum noch. Ich war einfach zu schwach; meine Kräfte wurden aufgezehrt von den Anforderungen, die das reine Überleben stellte. Dr. Limberg wollte meine Erklärung nicht akzeptieren; sowohl hinter meinem unnatürlichen Geschlechtsleben wie auch hinter meiner körperlichen Schwäche vermutete er verborgene Motive.

Trotz der lockeren Atmosphäre in der Praxis konnte ich nicht gelöst reden. Wie schwer fiel es mir doch, mich dem Arzt verständlich zu machen, mein Lebensgefühl, meine Nöte zu schildern. So stand ich etwa vor der Aufgabe, eine Situation zu beschreiben, die ich im nachhinein in die etwas überspitzte Formulierung fassen möchte: „Wünsche haben wie ein Kind und Gedanken wie ein Greis". Einerseits durchschaute ich meine Lage, malte mir illusionslos die weitere Entwicklung aus, mit einer Härte, die keinen billigen Selbstbetrug, keine falschen Hoffnungen zuließ – andererseits erfüllte mich Sehnsucht nach einer schönen Welt und nach tiefer, inniger, beglückender Freundschaft. Aber war ich in meinen Wünschen und Träumen nicht wieder viel zu anspruchsvoll, indem ich ein normales Leben mit normalen Freunden ablehnte? Wollte ich mich damit nicht von den anderen abheben?

Solche und andere Gedanken regten sich in mir und suchten nach Ausdruck – doch wie sollte ich sie Dr. Limberg verdeutlichen, wenn er auf das mit hilflosen Worten Vorgebrachte häufig nicht einging? Manchmal hatte ich das Gefühl, daß er meine Überlegungen in andere Bahnen lenken, auf ein anderes Ziel richten wollte. Aber schließlich war er der Arzt, er würde schon wissen, was er von mir erfahren mußte, um mich heilen zu können. Ich sehnte mich nach Hilfe – wer außer ihm war denn in der Lage, mir den richtigen Weg zu zeigen?

Die Sorge der Eltern wuchs, je mehr mein Zustand sich verschlechterte. Liebevoll bemühte Mutter sich um das Essen, bereitete meine Lieblingsspeisen zu. Warum bloß machte sie sich die Arbeit, sah sie denn nicht, daß sie mir auf diese Weise nicht helfen konnte?

Ich befürchtete, daß es mir jetzt schlechter ging als vor dem Klinikaufenthalt, und ich wurde das Gefühl nicht los, meinen Zustand selbst verschuldet zu haben, mich selbst zugrunde zu richten.

Was mir half, mich einigermaßen mit meiner Lage abzufinden, war der Fatalismus, an den ich mich klammerte. Wenn schon die Zukunft düster für mich aussah, weshalb sollte ich mich auch noch in der Gegenwart unnötig einengen? Da niemand nach dem Tod der Eltern, auf die ich in meiner Hilflosigkeit angewiesen war, ihre Stelle einnehmen konnte, warum dann im Hinblick auf die Zukunft ängstlich auf die Gesundheit achten? Hier und jetzt wollte ich mir durch Schmerztabletten, Zigaretten und Kaffee wenigstens Augenblicke des Wohlgefühls verschaffen.

Für mich gab es keinen Lichtblick: Einen Partner, der Rücksicht auf mich nähme, würde ich nicht finden. Lächerlich, wenn ich an meine jetzigen Freunde dachte; ich durfte nicht so abfällig urteilen – aber waren die Stunden, die wir miteinander verbrachten, nicht voll von Seichtem, Oberflächlichem, von bloßen Nichtigkeiten?

Leider war es bei Rüdiger auch nicht anders. Wer weiß, vielleicht würde es mit Jürgen besser werden?

Einmal wöchentlich fanden die Einzelsitzungen in Dr. Limbergs Praxis statt. Seinem Wunsch, noch öfter zu kommen, konnte ich nicht entsprechen, fehlten mir doch hierzu Zeit und die Kräfte eines Gesunden; außerdem hielt Mutter mir mittlerweile vor, sie sei nicht bereit, soviel Geld für solch einen Unsinn aus dem Fenster zu werfen. Der Kerl wolle mich einfach ausnutzen. Ihre Einstellung ärgerte mich; sie sah nur die vordergründigen Symptome wie Rauchen, Essen und Schlafen, die eigentlichen Probleme wollte oder konnte sie nicht erkennen.

So oft die Sitzungen neue Hoffnungen in mir weckten, so oft war ich wieder enttäuscht, glaubte, der Arzt folge der falschen Fährte. Fast jedesmal gelang es ihm, meine Zweifel und Bedenken zu zerstreuen – jedenfalls für den Augenblick, bis sie dann wiederkehrten, begleitet von Gewissensbissen wegen meiner inneren Auflehnung.

*

Heute wollte ich endlich einmal seine Meinung über mich und die Krankheit hören. Mehrmals schon hatte ich ihn gefragt, doch immer war er ausgewichen, hatte mich nur von mir reden lassen oder versucht, dieses und jenes zu deuten. Natürlich würde er keine vollständige Diagnose geben können, zumal er von den Abführmitteln und den Schmerztabletten nichts wußte.

„Seien Sie ehrlich, Herr Doktor, wie würden Sie meine Lage beurteilen? Ich selbst bin ganz unsicher, ich weiß nicht einmal, ob ich eigentlich wirklich krank bin. Könnte es nicht sein, daß ich, wie andere Menschen auch, einfach mit meinen Schwierigkeiten fertig werden muß?"

„So, Sie glauben also, Sie seien möglicherweise doch gesund? Meinen Sie, daß Sie sich etwas vormachen, sich Ihre Beschwerden nur einbilden?"

„Es fällt mir schwer, mich auszudrücken. Vorhin, im Wartezimmer, saß eine junge Frau, der es sehr schlecht zu gehen scheint; sicher war sie viel elender dran als ich. Welcher Mensch hat nicht mal seinen Kummer, seine Not, seine Sorgen, die dann doch mit der Zeit schwinden? Vielleicht ist es bei mir auch nur so etwas, keine richtige Krankheit."

„Interessant, wie Sie das sehen. Meinen Sie also, ein Mensch mit Nierenkoliken habe nicht das Recht, ins Krankenhaus zu gehen, wenn er eben einem Bekannten begegnet ist, der wegen lebensgefährlichem Magenkrebs eingeliefert werden muß?"

„Was glauben Sie, wie steht es nun wirklich um mich? Was kann mir helfen?"

„Darauf möchte ich jetzt nicht gerne antworten. Ich kann Ihnen auch so früh noch keine Ratschläge erteilen und Ihnen sagen, was Sie tun sollen. Wir müssen bei Ihnen erst Ihre Probleme erarbeiten. Ihre Frage, ob Sie wirklich krank seien, könnte da schon ein erster Anhaltspunkt sein."

„Verstehen Sie bitte, Herr Doktor, zu Problemen bei mir kann ich nicht viel sagen. Ich wüßte so gerne, ob meine Schwierigkeiten irgendwelche seelischen Ursachen haben – ich finde keine! Aber was doch ganz offensichtlich ist, das sind meine körperlichen Beeinträchtigungen, die Verdauungsstörungen, die Blähungen, dann noch das Herzklopfen, der niedrige Blutdruck. Auch bei meiner Angst zeigt sich immer viel Körperliches, z.B. das Gefühl, eingeschnürt zu sein oder kurz vor einem Schwächeanfall zu stehen. Und diese Beschwerden sind es dann, die erst zu Konflikten mit meinen Eltern und meinen Freunden führen – nicht umgekehrt. Ich esse kaum noch etwas, um wenigstens mit den Verdauungsbeschwerden besser klarzukommen; aber glauben Sie, meine Bekannten könnten verstehen, weshalb ich nicht so esse wie sie, weshalb ich etwa Kuchen ablehne? Sie sehen mich wie ein Wundertier an und sind oft persönlich beleidigt. Sie können nicht akzeptieren, daß ich mich nicht ‚normal' verhalte. Sogar meine besten Freunde sind befremdet. Und meine Eltern drängen immer, daß ich mehr essen solle. Gut, ich sehe ein, daß sie sich um mich sorgen; aber helfen konnte mir bisher noch niemand. Wäre es nicht möglich, daß ich doch organisch krank bin, daß man mich einfach nicht gründlich genug untersucht hat? Vielleicht arbeiten nur irgendwelche Drüsen bei mir nicht richtig."

Dr. Limberg schwieg eine Weile.

„Wir wollen doch einmal versuchen, Ihre Schwierigkeiten von einer anderen Seite zu beleuchten. Sie sprachen schon von Beziehungsstörungen, von Konflikten mit Ihren Mitmenschen; irgendwie ist die Kommunikation mit Ihren Freunden unterbrochen. Könnten Sie darüber etwas erzählen?"

„Um ehrlich zu sein: Die Gespräche in meinem Freundeskreis kommen mir fast immer zu platt vor. Da wird über Autos oder Fußball geredet, manchmal auch über Politik, Kernkraftwerke und Ähnliches. Und in letzter Zeit auch häufig über Geld. Wenn ich dann versuche, auf Wesentliches zu kommen, werden sie verlegen und weichen meistens aus. Wie sehr wünsche ich mir Freunde, mit denen ich solche echten Gespräche führen könnte. Aber nicht nur das stört mich, sondern die ganze Lebensführung. Da ist z.B. mein Freund Rüdiger. Mit dem kann ich über unsere gemeinsamen früheren Streiche plaudern, oder über unsere Klassenfahrt nach London, oder über Mädchen. Aber das ist auch schon fast alles. Früher hat er auf meine Anregung hin gelesen, jetzt nicht mehr, vielleicht ab und zu mal irgendeine Zeitung. Früher waren wir sehr oft zusammen; jetzt kennt er einfach zuviele Leute, wie soll er da noch genügend Zeit für die Freundschaft mit mir haben? Ich weiß, was Sie jetzt sagen werden: daß ich zu hohe Anforderungen an meine Mitmenschen stelle. Das kann ja sein, ich hab' mir deswegen selbst schon Gedanken gemacht, aber ich kann mir da nichts vormachen. Eine ,normale' Freundschaft läßt mich innerlich leer, sie belastet mich.

Und was die Sache mit meinen Eltern betrifft, auch da kann ich nicht anders. Ich weiß, in meinem Alter müßte ich selbständiger sein. Viele meiner Freunde haben schon eine eigene Wohnung. Und ich, ich bin so angewiesen auf die Eltern, ich kriege schon Angst, wenn sie am Abend Freunde besuchen und ich alleine zu Hause bleibe. Aber es kommt wohl auch durch meine körperliche Schwäche."

„Sie erwarten viel von Ihren Freunden und Angehörigen. Sie wollen, daß man Ihnen gibt. Aber das, was man Ihnen gibt, nehmen Sie nicht an, Sie sind nicht zufrieden damit. Könnte es nicht sein, daß Ihr Unbewußtes diese Einstellung in eine körperliche Reaktion umgesetzt hat und Ihr Körper jetzt, aus dieser ablehnenden inneren Haltung heraus, die Nahrung verweigert? Sie sind sehr wählerisch, was die Beziehungen zu Ihren Mitmenschen betrifft. Ich glaube, daß Ihre Eßgewohnheiten und Verdauungsbeschwerden ein Symbol dafür sind: Ihre Mitmenschen werden unverdaulich für Sie, weil sie sich nicht so verhalten, wie Sie es sich wünschen. Genau dies drückt Ihr Körper aus. Doch wäre das nicht die einzige mögliche Erklärung. Ich könnte mir auch folgendes vorstellen: Sie wollen sich nicht von Ihren Eltern und Ihren Freunden lösen, und damit Sie hilfsbedürftig werden, nimmt Ihr Körper die Nahrung nicht an. Meinen Sie nicht, daß dieses Motiv hinter Ihren Beschwerden stehen könnte? Allerdings ist es jetzt noch zu früh, hierüber Konkretes zu sagen und sich festzulegen. Aber in dieser Richtung werden wir sicher weiterforschen müssen."

Das Thema war damit fürs erste beendet. Dr. Limberg bat mich, über meine Einstellung zur Gegenwart zu erzählen.

„Mich überkommt heute ein großes Unbehagen, wenn ich mir unseren Planeten anschaue, und ich nehme an, die meisten anderen empfinden ebenso. Jedenfalls gibt es mir zu denken, wenn ich sehe, wieviele Menschen unter seelischen Störungen leiden; ich bezweifle, daß das früher ebenso war." Und dann berichtete ich ihm, was ich über die Studien des Club of Rome gelesen hatte, die drohende Katastrophen wie Nahrungsmittelverknappung oder Umweltvergiftung in düsteren Farben ausmalten. Was schon einem Gesunden zu schaffen machte, um wieviel mehr mußte das einen Kranken beängstigen?

„Sie glauben also, vor dem Leben in dieser Welt und vor der Zukunft Angst zu haben. In Wirklichkeit, meine ich, steht bei Ihnen aber etwas ganz Konkretes hinter dieser Angst, das Sie sich bis jetzt nur noch nicht eingestehen wollten. Nach allem, was ich bisher von Ihnen gehört habe, sehe ich es so, daß Sie sich fürchten, erwachsen zu werden und die Geborgenheit zu verlieren, die Sie bei Ihren Eltern haben."

Ich mußte zugeben, daß sie mir schützender Hafen waren; ohne sie fühlte ich mich hilflos.

„Was die Eltern Ihnen geben, finden Sie so leicht bei keinem anderen Menschen. Sie suchen, ohne daß es Ihnen klar ist, nach einer Beziehung, die so tief reicht wie die zwischen Ihnen und Ihren Eltern. Das kann nicht gutgehen. Und dann noch ein anderer Punkt: Denken Sie nicht, Sie seien nur der Nehmende! Sie geben Ihren Eltern auch viel, genauso viel wie Ihre Eltern Ihnen. Halten Sie sich doch nur einmal vor Augen, wieviel Sorgen Sie sich um Vater und Mutter machen; wie Sie ihnen geholfen haben, als Ihr kranker Verwandter alle Kräfte der Familie beanspruchte. Das ist nicht normal. Ein junger Mensch muß mehr nehmen als geben, er muß seinen gesunden Egoismus wahren und entfalten, er muß die Fehler der Eltern sehen und sich dann von ihnen lösen. Übrigens verhalten Sie sich jetzt ebenso egoistisch, nur in der falschen Weise."

Ich stimmte Dr. Limberg zu: Liebe war wohl nie frei von Egoismus, von Trieben, von Instinkten. Den allzu sehr verherrlichten Altruismus gab es wohl nicht; die Menschen, die an ihn glaubten, machten sich selbst etwas vor. Aber was die Liebe zu meinen Eltern betraf, so konnte ich ihm doch nicht ganz beipflichten. Ich versuchte zu erklären, daß ich sie durchaus nicht idealisiere und mich selbst belügen würde, sondern ihre Schwächen deutlich sähe. Weshalb aber sollte ich sie nicht dennoch innig lieben können? Etwa nur aus dem Grund, weil sie eben meine Eltern waren?

Als wir uns im weiteren Verlauf über mein Verhältnis zu anderen Angehörigen und zu meinen Bekannten unterhielten, stellte er fest, wie abfällig, ja geradezu feindselig ich über meine Mitmenschen redete.

„Überlegen Sie einmal: Wäre es nicht denkbar, daß Ihre Aggressionen, die Sie anscheinend gegenüber so vielen Menschen haben, von Ihnen nur auf diese projiziert werden? Daß sie sich in Wirklichkeit – so meine Vermutung – gegen eine ganz bestimmte Person richten, und Sie sich dessen nur nicht bewußt sind? Dies mag für Sie im ersten Moment überraschend klingen, und vielleicht werden Sie eine solche Wahrheit nicht akzeptieren, doch derartig gelagerte Fälle treten in der Praxis häufig auf. Wenn es uns gelänge, herauszufinden, wer diese Person ist, wären wir schon ein wenig weiter."

Sicherlich wollte er auf Onkel Robert hinaus; aber so sehr ich mein Gefühl untersuchte und meine Gedanken erforschte, ich konnte in mir keinen Haß auf den Onkel entdecken. Der Arzt hatte mit seinen Überlegungen wohl recht, doch die gesuchte Person war eine andere als er denken mochte. Ich glaubte, sie in Rüdiger gefunden zu haben. Irgendwie war mir das im Laufe unseres Gesprächs immer klarer geworden. Rüdiger hatte sich während der Monate meiner Krankheit mehr und mehr von mir abgewandt, er ging jetzt anderen Interessen nach, er lebte einfach nicht mehr in der gleichen Weise wie früher. Ich wollte also Rüdiger bestrafen, indem ich mich durch die Krankheit zerstörte; dadurch sollte er sich reumütig mir wieder zuwenden. Wie gut tat es mir, diese Zusammenhänge endlich erkannt zu haben.

Diesmal konnte ich zufrieden nach Hause gehen. In der Analyse schien Dr. Limberg wieder einmal einen großen Schritt nach vorn gemacht zu haben. Sobald erst einmal die Krankheitsursachen vollständig erkannt sein würden und ich mich nicht mehr sträuben würde, sie als

Grund meiner Beschwerden einzusehen, würde ich mich auf dem Weg der Heilung befinden.

*

Nicht jede Sitzung brachte solche ermutigenden Ergebnisse, zumal ich im Lauf der Zeit immer mehr den Eindruck gewann, wir kämen nicht von der Stelle. Eines Freitags, nach einer besonders anstrengenden und kräftezehrenden Woche, war ich bereits auf dem Weg zur Praxis gereizt. Die Behandlung schien mir sinnlos und am eigentlichen Ziel vorbeizuführen. Waren denn die bedeutungsschwangeren An- und Ausdeutungen etwas anderes als typische psychotherapeutische Geheimnistuerei?

Auch meinte ich nun zu sehen, daß die „Erkenntnisse" des Arztes auf nichts weiter beruhten als auf Formeln, auf vorgefaßten Denkmustern – und dazu noch ziemlich simplen –, die meine Persönlichkeit unberücksichtigt ließen. Mehr noch, ich fühlte mich von ihm in eine bestimmte Richtung manövriert, die meinem eigenen Lebensgefühl zuwiderlief. Mir fiel auf, daß ich in der Klinik im Grunde genau die gleichen Erklärungen gehört hatte wie bei Dr. Limberg. Erst kürzlich etwa hatte er meine Ängste wieder auf eine Störung der Beziehung zu den Eltern in früher Kindheit zurückgeführt. Auf meinen Einwand, daß ich mich nicht erinnern könne, jemals elterliche Liebe und Geborgenheit vermißt zu haben, hatte er erwidert, daß es nur natürlich sei, wenn ich das unangenehme Erlebnis aus meinem Bewußtsein verdrängt habe. Übrigens wolle er keineswegs meine Eltern verurteilen; von Schuld welcher Art auch immer könne keine Rede sein.

Als ich ihm heute meine Bedenken vortrug, nahm er

sie interessiert zur Kenntnis. Er respektiere meine Ansichten; doch früher oder später sei bei den meisten Patienten eine vergleichbare Reaktion – er verwandte das Wort „Widerstand" – zu beobachten, da die Therapie nun einmal mühsam und langwierig sei. Ich wollte mich hiermit nicht zufriedengeben und hielt ihm vor, auf die Einzelheiten meiner Zweifel sei er in keiner Weise eingegangen.

Er schwieg.

„Denken Sie doch einmal darüber nach", erwiderte er dann lächelnd, „weshalb Sie die Psychotherapie derart abwertend beurteilen. Sicherlich findet sich ein Grund für Ihr Verhalten. Bei unseren Sitzungen ist mir aufgefallen, daß Sie ungewöhnlich wenig über Ihre Sexualität sprechen. Vor einiger Zeit haben Sie eine momentane Triebschwäche erwähnt. Möglicherweise – ich will es nur andeuten, Sie keineswegs in Ihren eigenen Überlegungen beeinflussen – möglicherweise haben sich bei Ihnen auf diesem Gebiet Konstellationen ergeben, die für Ihre Aggressivität verantwortlich sind."

Über dieses und ähnliches sprachen wir, während ich körperlich immer schwächer wurde. Weder die Feststellung, daß ich zu sehr an meinen Eltern hänge und mich vor dem Erwachsenwerden fürchte, noch die Untersuchung meiner Einstellung zur Sexualität bewirkten, daß ich an Gewicht zunahm, daß meine Verdauungsstörungen schwanden und ich auch nur einen Tag lang frei von Angst blieb. Als meine körperliche Verfassung bereits ein kritisches Stadium erreicht hatte, verschrieb er mir stärkere Psychopharmaka.

*

Wie sehr hing doch meine ohnehin schwankende

86

Stimmung vom Verhalten meiner Mitmenschen ab, von ihrem Wohlwollen, ihrer Kritik. Etwas Schlimmeres als eine bedrückende Atmosphäre konnte ich mir kaum vorstellen. Meine gute Laune schlug sofort ins Gegenteil um, wenn ich die besorgten Mienen der Eltern sah, oder wenn sie laut über meinen Gesundheitszustand jammerten; dann verzweifelte ich, fühlte mich ausweglos in die Enge getrieben. Dabei konnte ich es ihnen durchaus nicht verdenken, wenn sie ihrem Herzen einmal Luft machten. Was hatten sie meinetwegen schon alles ertragen müssen! War es kindisch, daß ich mich nach einer Oase des Friedens und der Heiterkeit, des Trostes und des Verständnisses sehnte?

Immer widerwärtiger und bedrohlicher kam mir alles vor, seltsame Gefühle der Fremdheit, der Unwirklichkeit beschlichen mich, als ob ein Dämon sich in mir eingenistet habe und immer mehr Besitz von meinen Empfindungen und Gedanken ergreife.

Wenn ich allein an die Zwänge denke: Statt abends wusch ich mich schon mittags, um sicherzugehen, daß ein möglicher Schwächeanfall mich nicht mehr hindern konnte, sauber ins Bett zu steigen; mein Frühstück bereitete ich mir schon fünf oder sechs Tage im voraus zu, so daß in der Küche immer eine Anzahl von Tellern mit Weizenkeim-Kleie-Trockenobst-Müsli herumstanden und langsam einstaubten; auch die Kleidung legte ich mir lange vor dem Gebrauch zurecht. Nur nicht verkommen, lautete meine Devise.

Manchmal, wenn ich in aller Frühe am Fenster lehnte und, rauchend, in die Dunkelheit starrte, wurde mir deutlich, in was für einer Lage ich mich befand. Entsetzt stellte ich dann fest, wie weit sich mein Leben schon von der Normalität entfernt hatte. Wie sollte es nur weitergehen? War ich nicht auf dem besten Wege, meine Gesundheit mit Genußgiften und einer Überdosis von Psychopharmaka zu untergraben? In solchen Augenblicken war ich fest entschlossen, mich endlich von dem Dämon, der mich zu dieser Lebensweise trieb, zu befreien. Ich mußte an mir arbeiten, mußte kämpfen, meine Einstellung ändern, mußte aufhören, Raubbau an meinen Kräften zu treiben – oder ich würde zugrunde gehen. Die Rettung lag doch in mir selbst; selbständig, unabhängig von anderen mußte ich es schaffen, so schwer es mir auch fallen würde.

Zuweilen, wenn ich mich ein wenig besser fühlte, glaubte ich, alles wohl doch viel zu düster beurteilt zu haben. War denn der Durchbruch nicht bereits geschafft, befand ich mich nicht auf dem Weg der Besserung?

In manchen Augenblicken erfaßte mich eine fiebrige Euphorie, dann wieder schnürten Gefühle von Angst, Schuld, Ausweglosigkeit mir die Kehle zu; eine riesige schwarze Mauer drohte über mir zusammenzustürzen. Ich fand mich in mir selbst nicht mehr zurecht, hatte die Orientierung verloren.

Von Tag zu Tag mehr lähmte eine schleichende Schwäche meine Glieder, benebelte den Kopf, beengte den Blick. Um dieser Schwäche und der Verwirrung, die im Laufe des Tages wuchsen, zuvorzukommen, stand ich bereits um ein Uhr nachts auf und versuchte, soviel wie möglich von dem Tagesprogramm zu erledigen, bevor die Entkräftung überhandnahm.

Natürlich war ich auch in der Schule zu keiner vernünftigen Arbeit fähig und schleppte mich nur von Stunde zu Stunde; häufig fehlte ich ganze Tage. Doch diesmal mußte ich das Abitur schaffen.

Um auf andere Gedanken zu kommen, vor allem aber, um dem Mittagessen zu entgehen, bummelte ich manchmal durch Düsseldorfs Einkaufsstraßen; die Stadtmitte erreichte ich mit der Bahn, zu der Mutter mich mit dem Auto brachte. Als ich eines Tages nach einem solchen Spaziergang zu Hause anrief und sich auch nach einem zweiten Versuch keiner meldete, geriet ich in Panik: Wie sollte ich jetzt heimkommen? Schlimmer noch: Vielleicht war den Eltern etwas zugestoßen, sie hatten einen Unfall erlitten oder Vater einen Herzinfarkt, oder sie waren einem Verbrechen zum Opfer gefallen!

Wie erbärmlich kam ich mir in meiner Schwäche vor. Wie entwürdigend, von meinem Körper derart in Anspruch genommen zu sein, daß fast mein ganzes Handeln von den Bedürfnissen dieses Klumpens Fleisch abhing, daß sogar mein Denken, mein Fühlen sich kaum einen Freiraum schaffen konnten. Mußte ich nicht auch in den Augen meiner Mitmenschen ein wertloses Geschöpf sein? Es wurde mir ja schon zuviel, kleine Weihnachtsgeschenke zu packen oder gar die Eltern beim Einkaufen zu begleiten. Allein das Tagebuch kostete mich große Überwindung. Wären es nur Fakten gewesen, die ich niederzuschreiben hatte, aber ich mußte auch formulieren, was in meinem Inneren vorging, und das war so verworren, ungreifbar, so schwer in Worte zu fassen – doch wenn ich mich erleichtern wollte, blieb mir nichts anderes übrig, als meine Gedanken zu ordnen und zu Papier zu bringen.

*

Weihnachten nahte – und ich fühlte mich besser. Lag es an den neu verschriebenen, stärkeren Tabletten, oder hatte ich es geschafft, meine Einstellung zu ändern? Doch gleichwie, das Wichtigste war, daß sich etwas tat. Wenn doch nur mein größter Wunsch in Erfüllung ginge: die ruhende Mitte in mir zu finden!

Sicher war an der Niedergeschlagenheit der letzten Wochen auch das Wetter schuld gewesen, dieser ständige Wechsel von schnell dahinjagenden, dunklen Wolken und überhell strahlender Sonne. Jetzt hüllte leichter Dunst sie in einen Schleier, und die Konturen der Umgebung, die Farben stachen nicht mehr scharf und grell in die Augen, sondern zeigten sich gemildert, zart, ein wenig verschwimmend. Wie wohltuend, während der Ferien, befreit vom Arbeitsdruck, mit den Eltern durch die Einkaufsstraßen und den Park zu spazieren.

Am Heiligen Abend war das Wetter fast frühlingshaft; bei einem Rundgang sogen wir die würzige Luft tief ein und fühlten uns froh und frei. Wie anders sah die Welt auf einmal wieder aus, wie schön, wie lebenswert das Dasein.

Unter dem Weihnachtsbaum lag die Gesamtausgabe von Goethes Werken in einer Taschenbuchausgabe. Die Eltern wußten, womit sie mir große Freude bereiten konnten: Seit Wochen schon las ich in Romanen und andere Schriften des Dichters, auf den ich zufällig durch einen Aufsatz über die „Ästhetik der deutschen Klassiker" aufmerksam geworden war. Die Nachbarn Stricker kamen zur weihnachtlichen Bowle herüber; wohlige Geborgenheit hüllte mich ein.

Wenn ich während der Feiertage mit den Eltern unterwegs war und den leichten, kühlen Wind genoß, entspannte ich mich am besten. Sich nur nicht den Gedanken überlassen, die wieder zu flattern begannen; nur

Ablenkung von der Unruhe und der Angst, die langsam wieder aus ihren Höhlen hervorkrochen.

Wovor, wovor denn hatte ich eigentlich Angst? Daß ich alles nicht schaffen würde? Ich durfte jetzt nur nicht an den Unterrichtsbeginn nach den Ferien denken. Vor den wirren Vorstellungsfetzen, die mir durch den Kopf schwirrten, schützten mich selbst die Tabletten kaum; manchmal schien mir sogar, sie steigerten meine Schwäche, vor der mir doch so graute.

Nur gut, daß ich jetzt keine meiner ach so besorgten Verwandten oder Freunde sehen mußte. Ich konnte ihre Empfehlungen und Ratschläge - iß Kartoffeln, mach den Führerschein, das lenkt ab -, mit denen sie mich überhäuften, um sich echtes Verständnis und Geduld zu ersparen, nicht mehr hören. Mein „Lieblingsonkel", Jürgens Vater, hatte sich erst vor kurzem geäußert, nur ein Jahr lang sollten die Eltern mich seiner Obhut überlassen, er werde mich in dieser Zeit wieder ganz auf die Beine stellen. Auf welche Weise er das zustande bringen wollte, konnte er allerdings nicht sagen.

Zum Glück war mein Cousin anders. Bei ihm konnte ich mein Herz ausschütten und fand ehrliche Anteilnahme. Sollte ich jetzt doch einen neuen Freund gewonnen haben?

Grundsätzlich verstanden wir uns gut. In seiner Gegenwart verging die Zeit wie im Flug, da er lebendig, humorvoll und mit einem Schuß Selbstironie zu erzählen wußte. Nur in einer Hinsicht war er unzufrieden: wenn es um Mädchen ging. Schon seit langem sehnte er sich nach einer Freundin, hatte aber bei den „Angebeteten" nie die gewünschte Resonanz gefunden. Vielleicht täuschte ich mich, aber manchmal hatte ich den Eindruck, daß er ganz froh war, auch mich ohne Gefährtin zu wissen.

*

Mit Beginn des Unterrichts im neuen Jahr ging es immer rascher bergab. Eigentlich besuchte ich vergeblich die Schule, ich nahm ja doch nichts mehr auf; aber seltsamerweise bildete ich mir ein, die bevorstehenden Prüfungen bewältigen zu können.

Frühmorgens fuhr Mutter mich zum Gymnasium und holte mich mittags wieder ab. Jürgen half mir, indem er die Schultasche zu den Klassenräumen trug und mich beim Gehen stützte, eine Hilfe, derer ich bedurfte, da meine Kniegelenke bereits vom Wasser geschwollen waren. Wie ich eines Tages enttäuscht erkennen mußte, entsprach er damit mehr dem Wunsch seiner Eltern als etwa einem Bedürfnis, dem Freund beizustehen. Mehrmals zeigte er sich ungehalten, als ich ihn um Hilfe bat; vielleicht fürchtete er, die Mitschüler würden sich heimlich über ihn, die „Begleitperson", lustig machen.

Bald ließ er mich mit seinem ganzen Verhalten spüren, daß ich ihm ein Klotz am Bein war. Lag es daran, daß er sich vor kurzem einem lebenslustigen Kreis angeschlossen hatte, glaubte, endlich das richtige Mädchen gefunden zu haben, sich in Gedanken mit ihr, mit den Vergnügungen in ihrer Clique beschäftigte – und gerade dann sich um einen „Invaliden" kümmern mußte?

Wie demütigend wiederum für mich die Abhängigkeit von Jürgen, von seiner Bereitschaft, seiner Rücksichtnahme, seinem Verständnis, seinen Launen. Ich verlangte doch gar nicht viel von ihm: nur ein wenig Unterstützung, ein aufmunterndes Wort. War das wirklich zuviel? Oder konnte ich die Geduld, die er mir gegenüber aufbrachte, schon gar nicht mehr richtig einschätzen? Er zeigte ja guten Willen, aber vielleicht fehlte ihm doch das Feingefühl, meine Not zu begreifen. Sicher hatte er jetzt, als lebensdurstiger und verliebter junger Mensch, den Kopf auch voll mit eigenen Angelegenheiten.

Eines Tages, als Mutter mich nicht abholen konnte und Jürgen mich deswegen nach Hause begleiten mußte, hielt er mir vor, ich sei ein Tyrann der Familie, ein Egoist, der die Gesundheit seiner Eltern ruiniere. Genau diesen Vorwurf machte ich mir seit langem selbst.

Zu Hause angelangt, konnte ich mich gegen Schwäche und Verzweiflung nicht mehr wehren und erlitt jedesmal einen Zusammenbruch. Erst nach Stunden erholte ich mich ein wenig, und mit Hilfe von Kaffee, Zigaretten und einfachen Körperübungen gelang es mir, mich etwas zu beleben und den Unterrichtsstoff wenigstens teilweise aufzuarbeiten.

Täglich nahm ich mir vor, die Psychopharmaka einzuschränken, da ich fühlte, daß sie mich körperlich und geistig beeinträchtigten, meine Empfindungen abstumpften und die Wahrnehmungen verwirrten, so daß ich etwa meine Nase nicht mehr spürte und der Geschmackssinn sich verfälschte; doch ohne sie, so meinte ich, wäre ich noch lebensuntauglicher gewesen.

Hatte ich überhaupt noch Kontrolle über meinen Körper? Wie sollte ich dem Ansturm von Schwäche, von Verzweiflung, Niedergeschlagenheit, Überdrehtheit widerstehen? Alles kam mir so künstlich und fremd vor.

Ich konnte nicht mehr; ich glaubte, es gehe dem Ende zu. War nicht dieses grauenhafte Gefühl ein Bote des Todes? Dieses Gefühl, das, schlimmer als ein Alptraum, mich immer häufiger überfiel. Ich kann es nicht beschreiben, in Worte fassen, da mir jegliches Muster fehlt; ich hatte derartiges noch niemals vorher erlebt, es war auch nicht zu vergleichen mit jener Art von Lebensangst, die ich bisher kennengelernt hatte.

VII.

Mutter sah, daß es so nicht weitergehen konnte. Ohne mein Wissen wandte sie sich an Dr. Limberg, um ihn von der Dringlichkeit sofortiger Hilfeleistung zu überzeugen. Als der Seelenarzt erfuhr, wieviel Tabletten und Abführmittel ich nahm, war er entsetzt: nein, davon hatte er nichts geahnt. Da Mutter sich mit einer Überweisung in eine psychiatrische Klinik nicht einverstanden erklärte, lehnte er jede weitere Behandlung ab.

Der zu Rat gezogene Hausarzt hielt eine Fortsetzung des Schulunterrichts für lebensgefährlich. Es wäre wohl am besten, ich ließe mich im hiesigen Krankenhaus von Prof. Endres, einer Kapazität auf dem Gebiet innerer Krankheiten, untersuchen. Erst sträubte ich mich, doch die Eltern baten mich in ihrer Sorge so inständig, daß ich schließlich zustimmte. Im Grunde war ich froh: Jetzt kam etwas in Gang, ich brauchte nicht mehr alleine zu kämpfen, die Last der Verantwortung fiel von mir ab. Die Eltern hatten schon recht: Guter Wille, bloße Vorsätze und Erklärungsversuche reichten nicht mehr aus, meine Lage zu ändern. Mit neuen Kräften würde ich das Leben ganz anders angehen können. Wie aber wollten die Ärzte dieses Wunder bewerkstelligen? Überhaupt, wenn ich daran dachte, noch einmal in die Hände von Medizinern zu kommen, wurde mir wieder elender zumute.

Schneller als erwartet stand im Benrather Krankenhaus ein Bett für mich bereit. Anfangs kam mir alles entsetzlich vor, doch Prof. Endres und dem jungen Stationsarzt Dr. Jansen gelang es bald, neue Zuversicht in mir zu wecken.

Beiden Männern brachte das Krankenhauspersonal großen Respekt entgegen, wenn auch aus unterschiedlichen Gründen. Der Professor strahlte die Autorität einer Persönlichkeit aus; man mußte diesem Mann mit der väterlich gütigen Stimme einfach Vertrauen entgegenbringen. Wenn er, begleitet von einer Schar von Ärzten, seinen Rundgang durch die Stationen antrat, so hatten die aufgeregten Schwestern bereits überall Ordnung geschaffen. Sie fühlten sich ebenso wie die Patienten beschenkt, wenn er ein paar Worte mit ihnen wechselte.

Dr. Jansen machte sich häufig weniger sanft als sein Vorgesetzter bemerkbar: Nicht selten hallte seine Stimme laut durch den Korridor, weil eine Schwester seine Anweisungen nicht seinen Vorstellungen entsprechend befolgt hatte und er sie deshalb grob anfuhr. Manchen behagte nicht, daß er frank und frei seine Meinung aussprach; aber gerade aus diesem Grund vertraute ich ihm, brauchte ich doch nicht zu befürchten, daß er ein falsches Spiel mit mir treibe und mich zu täuschen versuche.

Täglich erhielt ich neben Medikamenten auch Traubenzuckerinfusionen. Zwar stöhnte ich, so viele Stunden am Tropf hängen zu müssen – doch welche Wohltat, als meine Kräfte fühlbar zunahmen, als das Wasser aus den Geweben wich, mir bereits nach wenigen Tagen beim Gehen die Knie nicht mehr weich wurden und ich keinen Begleiter mehr benötigte. Bald schon lief ich übermütig von einem Gangende zum anderen; mir war, als könne ich Bäume ausreißen. Auch seelisch ging es bergauf: Wenn Angst, Niedergeschlagenheit oder Verzweiflung mich überfielen, fühlte ich mich ihnen nicht mehr so vollkommen hilflos ausgeliefert wie noch kurze Zeit zuvor.

Allerdings schwanden mit dem Kräftezuwachs und der Einschränkung der Psychopharmaka die Betäubung und Benebelung meiner Wahrnehmungen ebenso wie die künstliche Ekstase – und mit ihnen auch die Möglichkeit der Selbsttäuschung. Deutlicher als vorher wurde mir bewußt, wie schlecht es um mich stand. Doch das beglückende Gefühl, dem Leben wiedergegeben zu sein, überwog.

Die Ärzte sorgten dafür, daß die organisatorischen Zwänge des Krankenhauses mich möglichst wenig belasteten und einengten. Zu jeder Tageszeit durfte ich das Gebäude verlassen, um spazierenzugehen, ja ich „mußte" es sogar auf ärztliche Anweisung hin; durfte essen, was und wieviel ich wollte, und zu diesem Zweck auch in der Krankenhausküche die Mahlzeiten selbst zusammenstellen – Privilegien, die mir manche neidischen Bemerkungen meiner Mitpatienten einbrachten. Mir fiel ein Stein vom Herzen, hatte ich doch schon befürchtet, zwangsernährt zu werden. Eigenartigerweise hielten meine Verdauungsbeschwerden sich in erträglichen Grenzen, obwohl ich jetzt keine Abführmittel mehr nehmen durfte; sicher lag es zu einem nicht geringen Teil an der zwanglosen Atmosphäre.

Durch die Infusionen gekräftigt und durch das Wohlwollen und die Offenheit der Ärzte ermutigt, war in mir wieder der Lebenswille erwacht. Ein erster Schritt auf einem weiten Weg. Was hatte der Professor mir neulich gesagt? „Es braucht Zeit, viel Zeit, bis Sie Ihr seelisches Gleichgewicht wiedergefunden haben; dabei werden noch manche Unannehmlichkeiten auf Sie zukommen. Alles muß sich von selbst einrenken! Leider kann ich Ihnen nur wenig an Ratschlägen geben, und da ich kein Psychiater bin, weiß ich auch nicht, was ein solcher Ihnen empfehlen würde. Eines nur möchte ich immer wiederholen: Seien Sie geduldig; die Zeit wirkt oft Wunder."

Und Dr. Jansen hatte hinzugefügt: „Mit großer Wahrscheinlichkeit werden Sie Ihr Leben lang Schäden zurückbehalten. Machen Sie sich darauf gefaßt, daß Ihre Mitmenschen nie ganz verstehen werden, weshalb Sie sich nicht normal verhalten. Sie müssen lernen, damit fertig zu werden; sicher wird es nicht leicht sein."

*

Mit meinen Zimmernachbarn, die häufig wechselten, da sie nur wegen leichterer Erkrankungen hier behandelt wurden, verstand ich mich recht gut. Die meisten von ihnen waren freundlich und umgänglich; ich glaube, Dr. Jansen hatte sie mit Absicht zusammen mit mir in einem Zimmer untergebracht. Überhaupt staunte ich, wie sehr dieser Arzt sich für mich einsetzte. So wies er das Personal wiederholt an, mir mehr Verständnis entgegenzubringen und auf meine besonderen Bedürfnisse einzugehen. Natürlich war es mir unangenehm, diese Ausnahmestellung einzunehmen, zumal die Schwestern sich auch nicht gerade begeistert zeigten und einige mir dies durch spitze Bemerkungen zu verstehen gaben.

Von Anfang an vermittelte Dr. Jansen mir in unseren Gesprächen das Gefühl, meine Krankheit sei zwar schwer, aber nichts eigentlich Gefährliches und Unheimliches; ich sei trotzdem in der Lage, so wie andere leben zu können, wenn auch mit gewissen Einschränkungen. Bereits während unseres Gesprächs achtete ich kaum auf meine Krankheitssymptome. Er führte mich, absichtlich oder instinktiv, dahin, mich weniger mit meinen körperlichen Beschwerden und mehr mit anderen Dingen zu befassen. Dr. Jansen gab mir mit seiner zwanglosen Art nicht nur neuen Mut, sondern befreite mich auch von innerem Druck und von Verkrampfung. Die Krankheit hatte ich nun einmal, sie war nicht wegzuleugnen, und es nutzte nichts, um den heißen Brei herumzureden. Doch das Leben bestand auch noch aus anderem, es verlangte, soweit wie möglich, meine Teilnahme.

Wie dankbar war ich ihm, daß er mir nicht, wie manche, die es „ach so gut" meinten, empfahl, in einen Ruderclub einzutreten oder die Tanzschule zu besuchen, um mich auf diese Weise abzulenken. Er fragte mich nach meiner Lieblingsbeschäftigung, und als ich ihm, ermutigt durch sein Wohlwollen, von meiner Lese-Leidenschaft erzählte, zeigte er sich erfreut darüber, obwohl er zugab, selbst kein großer Leser zu sein. Vielleicht brächten meine Mitmenschen wenig Verständnis für diese Neigung auf, aber ich solle mich nicht verunsichern lassen; er selbst habe schon mehrmals erlebt, wie gerade Kranke in Büchern Trost fänden und ihre Beschwerden dadurch leichter tragen könnten.

Wenn ich über die schlechte Verdauung oder über anderes klagte, faßte er mich bei meinem Ehrgeiz. „Sie sind doch ein intelligenter junger Mann; deshalb sehen Sie auch, daß Ihre Beschwerden Sie nicht hindern können, sich in einem gewissen Umfang freizumachen. Niemand wird ernsthaft leugnen, daß Sie körperlich wie seelisch leiden; aber ich traue Ihnen zu, mit dem Verstand zu erfassen, daß es so schlimm, wie Sie sich fühlen, in Wirklichkeit nicht ist."

Auf diese Weise half er mir, mich von dem Krankhaften in mir zu distanzieren und die vorhandenen gesunden Kräfte, die allzu oft im Kampf gegen Schwäche und Angst aufgezehrt wurden, zu stärken. Und ich bemühte mich, sein Vertrauen zu mir nicht zu enttäuschen.

Auch der Professor nahm ungewöhnlich viel Anteil an

meinem Schicksal; beinahe täglich besuchte er mich und erkundigte sich nach meinem Befinden. Immer fand ich bei ihm ein offenes Ohr für meine Anliegen.

Die Zeit verging wie im Flug. Jeden Tag verbrachte ich zwei oder mehr Stunden zusammen mit den Eltern. Bei gutem Wetter spazierten wir durch den Schloßpark, der gegenüber dem Krankenhaus liegt, wobei sie mich in ihre Mitte nahmen und ihre Arme bei mir einhakten; wahrscheinlich befürchteten sie, ich könne während des Gehens schwach werden. So schlenderten wir den Spiegelweiher entlang oder folgten den Windungen des Schlangenwegs.

Mit gemischten Gefühlen begegnete ich Jürgen, der ab und zu vorbeischaute. Ich bemühte mich, in seiner Gegenwart gelassen zu wirken. Zu sehr klang in mir noch die Enttäuschung über sein Verhalten nach. Als ich dieses Thema einmal anschnitt, schien er ehrlich erstaunt. Waren alle Demütigungen, die er mir zugefügt hatte, ihm gar nicht so recht bewußt gewesen? Oder hatte er sie vielleicht einfach vergessen?

Die Grüße der Klassenkameraden und das Geschenk, das er mir von ihnen überreichte, rührten mich. Die ganze Zeit hatte ich insgeheim gehofft, sie würden etwas von sich hören lassen. Jürgen erzählte fröhlich von einem Klassenausflug und von turbulenten Karnevalstagen. Ich kann nicht leugnen, daß ich ein leises Neidgefühl verspürte: So hätte ich auch wieder am Leben teilnehmen mögen, so selbstverständlich. Doch ich durfte mich nicht Träumen hingeben, bei allen meinen Wünschen sagte ich mir, eingedenk der Erfahrungen nach meinem letzten Krankenhausaufenthalt: Sei den anderen gegenüber vorsichtig und mal dir die Zukunft nicht zu rosig aus; lieber nichts erwarten, dann kannst du auch nicht enttäuscht werden. Ja, ich eignete mir mehr und mehr einen Zweckpessimismus an, indem ich mir das Schlimmste vorstellte, so daß ich froh sein konnte, wenn es nicht eintraf. Und doch neigte ich immer wieder zu Fehleinschätzungen, besonders was mein Verhältnis zu anderen Menschen betraf: Von ihnen ermutigt, setzte ich übertriebene Hoffnungen in sie, die nicht erfüllt wurden. War es nicht bei Rüdiger so gewesen? Und bei Jürgen?

Das anfängliche Gefühl der Kraftzunahme, das aus dem Kontrast zum vorhergehenden Schwächezustand herrührte, verlor sich im Laufe der Wochen immer mehr, die Gesundung schritt nur noch unmerklich voran. Immerhin war ich nun wach und kräftig genug, um voll zu erfassen, wie sehr eine hektische, gleichsam fiebrige Nervosität meine geistigen Kräfte zersplitterte, so daß es mir kaum mehr möglich war, mich etwa mit Lesen zu beschäftigen. Wenn ich dann wegen der Infusionen auch noch für Stunden ans Bett gebunden war, konnte ich mich gegen die düsteren Bilder, die mich überfielen, nicht einmal durch Ablenkung wehren.

Bei dem abschließenden Gespräch vor der Entlassung versuchte Dr. Jansen, meine Bedenken hinsichtlich meiner weiteren Schulausbildung zu zerstreuen. Jetzt solle ich erst einmal einen Monat zu Hause bleiben; wie er mich kenne, würde ich die Hindernisse auf dem Weg zum Abschluß schon irgendwie überwinden. Im übrigen schlug er mir vor, einmal wöchentlich zu ihm ins Krankenhaus zu kommen – unentgeltlich, denn er war ja noch nicht niedergelassen – und mit ihm meine Sorgen zu besprechen.

Der Professor beurteilte meinen Zustand weniger opti-

mistisch: Meine seelische Verletzbarkeit sei wohl ange-
boren und daher mein lebenslanger Begleiter; die anläß-
lich Onkel Roberts Erkrankung zugezogenen Wunden
würden, wenn überhaupt, erst nach langer Zeit vollständig ausheilen; möglicherweise würden noch nach Jahr-
zehnten Restschäden zurückbleiben.

Schade, dachte ich, daß diese beiden keine Psychotherapeuten sind.

*

Als ich neulich meine alten Tagebücher zur Hand
nahm, wurde mir von Seite zu Seite deutlicher bewußt,
wie sehr damals ein bestimmter Mensch mein Leben beeinflußt hatte. Dank des Abstands von mehr als einem
Jahrzehnt zeigen sich heute Zusammenhänge, die mir
seinerzeit weitgehend verborgen blieben, die ich, weil
noch zu sehr am Geschehen beteiligt, nur dunkel ahnte.

Wie schon erwähnt, hatte ich bereits vor Monaten begonnen, Bücher von Goethe zu lesen. Anfangs hatte ich
mir vorgenommen, zwei oder drei Werke von ihm zur
Hand zu nehmen, um dann mit anderen Schriftstellern
fortzufahren, damit auch sie zu ihrem Recht kämen – damals hegte ich den wahnwitzigen Plan, mir in wenigen
Jahren die gesamte Weltliteratur einzuverleiben, und ich
muß gestehen, daß dabei eine gehörige Portion Bildungs-
dünkel mit im Spiel war. Doch es blieb nicht bei einem
bloß ausschnittweisen Einblick in seine Schriften. Nach
den „Leiden des jungen Werther" und der „Italienischen
Reise" erwachte in mir der Appetit. Meinen Vorsatz, das
„Goethe-Studium" rechtzeitig zugunsten anderer Auto-
ren zu beenden, vergaß ich mehr und mehr. Mit jedem
neuen Buch freute ich mich schon auf das nächste, auch
wenn ich zu manchem nicht gleich den Zugang fand oder

zunächst enttäuscht war, weil ich andere Erwartungen gehegt hatte.

Dieser Schriftsteller übte einen geheimen Zauber auf mich aus. Oder war auch in mir selbst ein Magnet, der mich zu ihm hinzog? Es traf wohl beides zu. Denn trotz meines Pessimismus und meiner Lebensangst liebte ich das Leben, sehnte mich nach Schönem, nach Freude. Dieser Lebensdurst, dieses Verlangen nach Teilnahme an meiner Umwelt ließ mich intuitiv die lebensspendende Kraft des Dichters erfassen. Nicht nur, daß seine Liebenswürdigkeit, sein Charme, sein nachsichtiger, warmer Humor mich bezauberten; daß ich zahlreiche glückliche Stunden verbrachte, in denen ich herausgehoben wurde aus den Nöten meines eigenen Daseins. Nein, das ganze Werk strömte zudem ein Aroma des Verlockenden, des Anregenden aus, das mich verführte, das Leben mit offenen Augen zu verfolgen, und das die Neugierde in mir weckte, was dieses Leben mir an Aufgaben und dadurch an Bereicherung und Erfüllung schenken mochte. Vieles, zu dem ich bisher keinen Zugang gehabt hatte, wurde mir mit einemmal erschlossen. Beinahe begierig wollte ich die Welt so erleben, wie der Dichter sie schilderte.

Die Kunst etwa, bisher im Grunde nichts weiter als ein abstrakter Begriff für mich, nahm allmählich lebendige Gestalt an. Hätte ich mich je eingehender etwa mit dem Kölner Dom befaßt, mit seiner Geschichte, seiner Bauausführung und Ausstattung, wenn der Schriftsteller ihn nicht mit solcher Wärme beschrieben hätte? Jetzt erst beschäftigte ich mich ernsthaft mit den Stilepochen der europäischen Architektur, der Plastik, der Malerei.

Vielleicht klingt es gewagt, wenn ich behaupte, daß ohne Goethe mein Leben nicht nur wesentlich armseliger verlaufen wäre, sondern daß er es sogar gerettet hat. Er hat bewirkt, daß mein Lebensmut größer wurde als die Angst vor den Qualen – mein Lebenswille stärker als die Sehnsucht, nicht mehr zu leiden. Schon mehrfach hatte ich mich süßen Glücksgefühlen hingegeben bei der Vorstellung, nach einer möglichst schmerzlosen Krankheit hinüberzudämmern. Aber rührten nicht meine Todesgedanken nur daher, daß ich endlich den Quälereien entgehen wollte?

*

Bei jedem unserer wöchentlichen Gespräche sagte Dr. Jansen mir, ein Schulbesuch sei vorerst ganz ausgeschlossen. So gingen Monate dahin, ohne daß die Umwelt mir echte Aufgaben stellte. Was tun, damit meine Gedanken nicht wieder nur um meine Beschwerden kreisten und sie dadurch noch verstärkten? Im Grunde wollte ich doch gar nicht dauernd über mich nachgrübeln; wie gerne beschäftigte ich mich mit anderen Dingen, war froh, wenn ich alle Krankheit einmal vergessen durfte, bereit, mich vom Leben einfangen zu lassen.

Im Haushalt mithelfen, einkaufen, regelmäßig den Arzt treffen – und nicht der Angst vor dem Arztbesuch nachgeben und Ausreden erfinden –, das waren schon beachtliche Schritte auf dem Weg zur Genesung. Außerdem begann ich, wieder für die Schule zu arbeiten, und ließ mir zu diesem Zweck von Klassenkameraden Unterrichtsmaterial besorgen. Ich studierte Reiseberichte und schmiedete Pläne für Besichtigungen und für den Urlaub. Ich zwang mich, Freunde zu besuchen, oder lud sie zu mir ein, auch wenn es mich immer viel Kraft kostete. Mein Ziel war, so normal wie möglich zu werden, fähig zu sein, meinen Platz in der Gemeinschaft einzunehmen und Pflichten zu erfüllen. Allerdings hatte ich schwer zu kämpfen; ich sah wohl, daß sich natürliche Lebensabläufe und ein gewöhnliches Dasein nicht einfach herbeizwingen lassen. Tag für Tag tapfer durchzuhalten, auch wenn sich nur geringe Erfolge zeigten; mir nicht den Lebensmut rauben zu lassen, mich selbst und die für mich so wichtigen Mitmenschen aufzumuntern: Es forderte meinen ganzen Einsatz. Befriedigt konnte ich dann aber auch feststellen, daß ich nicht aufgegeben, in meinen Bemühungen nicht nachgelassen hatte.

Schon damals empfand ich die tatkräftige Unterstützung meiner Eltern nicht als selbstverständlich. Im nachhinein kann ich ihnen nicht genug für ihre Mühen danken, ihren Beistand, den sie mir leisteten und den ich auch dringend benötigte.

Da sie wußten, wie übertrieben ich auf die Stimmungen anderer reagierte, lag ihnen vor allem daran, eine liebevolle und heitere Atmosphäre um mich zu schaffen; ihre eigenen Sorgen stellten sie hintan. Als gäbe es nichts Natürlicheres auf der Welt, waren sie einfach für mich da, bereit, sich nach meinen Bedürfnissen zu richten. Wenn sie sich auch oft nicht in mich hineinversetzen und mich verstehen konnten, so gaben sie mir doch das Gefühl, nicht allein zu sein. Sicher erschöpften sich zeitweise auch ihre Kräfte, wurden ihre Nerven überspannt, so daß es zu Szenen zwischen uns kam; doch berührten diese nicht die grundsätzliche Einstellung des Wohlwollens und des gegenseitigen Vertrauens.

Während Vater mich still und unauffällig umsorgte und seine Hilfe häufig einfach darin bestand, daß er mir in meinem Zimmer beim Lesen Gesellschaft leistete, munterte Mutter mich eher energisch auf und gab mir, jeden Zweifel im Keim erstickend, zu verstehen, daß schon alles wieder ins rechte Lot komme. Instinktiv fühlte sie wohl, daß meine neu erwachten Interessen für Kunst, Reisen und die Natur mich auf den richtigen Weg führten. Sie, die als einzige den Führerschein hatte, chauffierte uns zu Sehenswürdigkeiten oder in schöne Landschaften. Das nannte sie ihre „Therapie".

So häufig bin ich weder vorher noch nachher durch den Park gewandert: Morgens begleitete ich Vater zum Schloßgymnasium, nach dem Mittagessen unternahm ich mit Mutter einen Spaziergang, am frühen Abend durchstreiften Vater und ich nochmals die waldigen Pfade, die Alleen, den Schlangenweg, den Rundweg. Seit frühester Kindheit war der Park Zeuge meiner Freuden und Leiden gewesen und hatte viele Kümmernisse gelindert; hier durfte ich mich gehenlassen, konnte aufatmen, war glücklich. Und jetzt im Frühling, als die Sonne das frische Grün der Blätter schimmern ließ und die milde Luft nach Blüten und Erde roch: Jetzt weckte der Park in mir ein neues Verlangen nach Leben.

In diesen Wochen las ich einige Berichte über meine Heimatstadt und die nähere Umgebung und wurde schon nach kurzer Zeit begierig, mit eigenen Augen zu sehen, was die Merian-Hefte so verlockend schilderten. Bald wagte ich mich, zumeist in Begleitung der Eltern, an Düsseldorf heran: an die Altstadt, das Palais Nesselrode, das Spee'sche Palais, das Schloß Jägerhof, dann das Goethe-Museum, dessen Fülle von Dokumenten mich beim ersten Besuch verwirrte. Am Muttertag fuhren wir nach Kaiserswerth, dem von zahlreichen Ausflüglern besuchten alten Stadtteil mit den schmalen Gäßchen und herausgeputzten Häusern, dessen Ruine der Kaiserpfalz Kinder erklommen.

Natürlich gab es nicht nur erfreuliche Eindrücke. Eine Verwaltungsstadt benötigt nun einmal viele Zweckbauten, und auch der Krieg hatte hier wie andernorts seine Spuren hinterlassen; Baustellen, Verkehrslärm, Menschengedränge, unfreundliche Gesichter, regnerisches Wetter – Unerfreuliches, das in keinem Reiseführer steht – trübten schnell meine Stimmung und beeinflußten mein Urteil. Immerhin durchschaute ich dies und bemühte mich, die Schönheiten nicht in schlechter Laune untergehen zu lassen.

Ich erinnere mich noch gut, wie Vater und ich frohgestimmt die Residenz des Künstlervereins Malkasten besuchten; wie wir den Zugang entdeckten, und, mit dem prickelnden Gefühl, etwas Unerlaubtes zu tun, die Räume mit der alten Einrichtung und den Portraits der Malkasten-Prominenz betrachteten. Vor dem Nachhauseweg bummelten wir über die „Kö" und genossen den Anblick der luxuriös ausgestatteten Schaufenster; ich mußte an jene schreckliche Zeit vor Weihnachten denken, als ich hier alleine mit Wasser in den Beinen entlanggeschlichen war.

Wanderungen durchs Bergische Land, entlang der Wupper, in der Rheinlandschaft mit ihren saftig grünen Wiesen und hohen Pappeln gehörten bald mit zu unserem regelmäßigen Programm. Wieder war es die Natur, die mich beglückte und stärkte.

Mit der Zeit unternahmen wir fast täglich einen Ausflug und wagten auch weitere Fahrten; so lernte ich zwei bedeutende Bauwerke lieben, jedes auf seine Weise. Der Altenberger Dom, geschützt zwischen bewaldeten Hügeln gelegen, beeindruckte mich durch seine schlichten, strengen Formen. Zwar hatte ich ihn schon früher mehrfach gesehen, doch erst jetzt, nach meinen Studien über Frankreich und die Gotik, gingen mir die Augen auf, ich erblickte Einzelheiten, die noch vor kurzem in einem diffusen Gesamteindruck untergegangen waren, erkannte Zusammenhänge, die ich vorher nicht einmal geahnt und daher auch nicht zu würdigen gewußt hatte. Bei jedem weiteren Besuch offenbarte das Bauwerk neue Schönheiten; ich „sah" zum erstenmal die Blattkapitelle an den Säulen, achtete auf die Unterschiede im Fenster-Maßwerk. Allmählich dämmerte mir, daß meine Kenntnisse über Kunst wohl auch jetzt noch in den Kinderschuhen steckten und ich das meiste sicherlich noch nicht erfassen konnte.

Nicht so schnell freundete ich mich mit dem Kölner Dom an. Anfangs wirkte dieses Steingebirge auf mich verwirrend, geradezu unheimlich, ich fühlte ich von der Gewalt der Ausmaße beinahe erschlagen. Das Schöne und Großartige ging mir erst nach und nach auf, nicht zuletzt dank Goethe. Einmal, als ich durch das Kirchenschiff wanderte, hielt ich meinen Blick stetig nach oben gerichtet: Unwillkürlich schlug mich der schwindelerregende Eindruck der sich verschiebenden Perspektiven, des Gewölbes, der Säulen und Fenster in Bann. Diese große, klare Form, der sich alles unterordnete, vermochte nichts zu beeinträchtigen, weder häßliche Gerüste noch Ströme lautstarker Touristen.

Als ich den Kopf an das Chorgitter lehnte, mußte ich mit einemmal weinen, fast genüßlich ließ ich die Tränen laufen, ohne genau zu wissen, weshalb. Vielleicht war es die Sehnsucht nach vergangenen Tagen der Unbeschwertheit, ja des reinen Kinderglaubens.

Von nun an übte der Dom eine solche Anziehungskraft auf mich aus, daß ich bei weiteren Besichtigungen in Köln allem anderen nur geringe Aufmerksamkeit zuwandte, um nicht vorzeitig von diesen Eindrücken erschöpft zu werden; meine Kraft und Aufnahmefähigkeit sparte ich auf für das Wunderwerk.

Übrigens war Rüdiger, der mittlerweile Sozialwissenschaften studierte, in diese Stadt gezogen. Bei einem Besuch wurde mir erschreckend klar, wie unterschiedlich wir uns geistig entwickelt hatten. Als wir über meinen Gesundheitszustand sprachen, erklärte er mir, ich wolle mich dem Leben verweigern, indem ich mich hinter meiner Krankheit verstecken würde. Auch die Beschäftigung mit tradierten Kulturwerten sei doch wohl nur eine Flucht vor der Realität. Ob ich denn noch nie die Motivation meines Verhaltens hinterfragt, mich immer nur mit den äußerlichen Phänomenen zufriedengegeben hätte. Offensichtlich, meinte er, kokettiere ich auch mit meinem Pessimismus und sei nicht bereit, umzulernen. Als ich in meiner Ratlosigkeit mich vergeblich bemühte, meine Lage deutlicher darzustellen, seufzte er schließlich: Dann sei mir wirklich nicht zu helfen!

*

„Jetzt ist es an der Zeit, die Psychopharmaka und die Schmerztabletten ganz abzusetzen; noch haben die Medikamente keinen Schaden angerichtet." Dr. Jansen erklärte mir, daß bei Psychosen oder Depressionen Neuroleptika bzw. Antidepressiva unverzichtbare Hilfe leisten, bei mir jedoch seien Psychopharmaka welcher Art auch immer zur Zeit gänzlich unangebracht. Für die bevorstehenden Wochen der Entwöhnung bot er mir ein Bett im Krankenhaus an; er zweifelte, ob ich es ohne Hilfe schaffen könne. Ich zog es jedoch vor, zu Hause zu bleiben; schon das

Vertrauen in diesen Arzt verlieh mir Stärke.

Bereits am ersten Tag war mir ganz fremdartig zumute; die Glieder wurden steif, mein Körper fühlte sich wie betäubt an, dennoch durchzogen mich heftige Schmerzen, als ob sich Messer durch den Körper drehten. Dieses Stechen und Schneiden erregte in mir nur Staunen, ich kam gar nicht dazu, mich mit trüben Gedanken zu befassen. In seelischer Hinsicht trat anfangs genau das Gegenteil des Erwarteten ein: Ich reagierte auf den Entzug nicht reizbar, verängstigt oder innerlich aufgewühlt, sondern empfand heitere Gelassenheit. Ich kann jedoch nicht beurteilen, wieviel davon meinen Eltern zuzuschreiben ist, die mir mit liebevoller Fröhlichkeit zur Seite standen.

Je weiter der Tag voranschritt, desto ungestümer bohrte und zerrte es in mir; seltsamerweise ertrug ich die Qualen, die mich an jeder Tätigkeit hinderten, mit einer Gefaßtheit, die ich mir selbst nicht zugetraut hätte. Den halben Tag verbrachte ich, meist liegend, in meinem Zimmer, dann hielt ich es in der Wohnung nicht mehr aus und durchstreifte mit den Eltern den Schloßpark und die Rheinwiesen.

Als nach vier Tagen die Schmerzen nachließen, fühlte ich mich seelisch wie ausgebrannt; in mir war nur noch Leere, über nichts mehr konnte ich mich freuen, mir auch nicht vorstellen, jemals wieder des Lebens froh zu werden. Alles kam mir düster, widerwärtig und ekelhaft vor. Nicht einmal die Möglichkeit zu fliehen bestand, höchstens in den Schlaf, doch gerade vor ihm fürchtete ich mich, denn beim Aufwachen überkam mich wieder das Grauen. Hätte ich mich doch wenigstens zu irgendeiner Beschäftigung aufraffen können.

Drei Wochen dauerte der Spuk – dann war es geschafft. Dr. Jansen wunderte sich, wie ungewöhnlich glimpflich ich davongekommen sei; bei dieser Überdosis an Tabletten hatte er mit größeren Schwierigkeiten gerechnet. Jetzt fühlte ich mich wie ein anderer Mensch. Zum erstenmal nach vielen Monaten wieder natürlich empfinden! Kaum wagte ich, den neu erwachten Kräften des Körpers, den frischen Wahrnehmungen der Sinne, der Klarheit des Geistes zu trauen. Endlich sich wieder erinnern können, wie es ist, gesund und normal zu sein.

Zu dieser Zeit etwa brachte das Fernsehen eine Dokumentation über die Angst, in der zwischen konkreter Furcht, die jedermann im Fall akuter Bedrohung erlebe, und allgemeinen, unerklärlichen, krankhaften Ängsten unterschieden wurde; dieser Differenzierung konnte ich aus eigener Erfahrung nur zustimmen. Doch dann wurden die neurotischen Ängste in vier Gruppen unterteilt und die Betroffenen jeweils einer dieser Gruppen zugeordnet. Ist die lebendige menschliche Seele nicht zu komplex, dachte ich, um sie so einfach zu kategorisieren und in eines von vier oder auch zwanzig Fächern zu stecken? Endlich wurde mir klar, worauf Dr. Limberg und die anderen Therapeuten hinausgewollt hatten: Die Angst Nummer vier, beruhend auf zu wenig Liebe in der Kindheit, hatte sich bei mir in die Angst der zweiten Gruppe, von den anderen nicht anerkannt zu werden, gewandelt.

VIII.

„Zwei Seelen wohnen, ach, in meiner Brust": Eine, die ungefähr erkannt hat, wo der richtige Weg verläuft und welche Hindernisse zu überwinden sind; die andere, selbstzerstörerische, die weder Maß noch Halt kennt.

Ein drittes Mal gab man mir in der Schule Gelegenheit, den Abschluß zu erlangen. Kurz vor den Sommerferien – nach fünf Monaten offiziellen Krankseins – kam ich in die Unterprima. Der Klassenlehrer beobachtete nun argwöhnisch meine Leistungen und meine Anwesenheit im Unterricht, obwohl der Schulleiter mir erlaubt hatte, in den ersten Wochen entsprechend meinem Befinden zu kommen und zu gehen.

Wieder mehrten sich meine Beschwerden; wieder suchte ich Hilfe – sogar an Gottesdiensten nahm ich teil in der Hoffnung auf ein Zeichen.

Es stand böse um mich, als Vater und ich die Urlaubsreise nach Frankreich antraten. Ich war furchtbar abgemagert und geschwächt. Mutter befürchtete, daß mein Zustand sich durch die Anstrengungen der Reise noch weiter verschlechtern würde. Dr. Jansen hingegen bestärkte uns in unseren Plänen: Solch ein Urlaub könne mir neuen Auftrieb geben.

Unser Ziel hieß Paris, die Stadt, die ich schon seit langem zu sehen gewünscht und über die ich eine Menge gelesen hatte. Anschließend wollten wir noch einige Tage in St. Malo an der bretonischen Küste verbringen.

Schon vor der Ankunft in der französischen Hauptstadt trat bei mir eine erstaunliche Änderung ein: Die tyrannischen Ängste und Zwänge lockerten ihren Griff, ich fühlte mich freier, gelöster und konnte mich dem Abenteuer hingeben – natürlich nur, soweit es meine Kräfte zuließen.

Meine Vorfreude während der Fahrt konnten nicht einmal die schwüle Witterung und die häßliche belgische Industrielandschaft beeinträchtigen. Vater dagegen war ganz und gar nicht guter Dinge, zuviel hatte er sich in den letzten Wochen um mich gesorgt. Seltsamerweise erlitt meine eigene Stimmung dadurch keine Einbuße. Am frühen Nachmittag, nachdem die trostlosen Wohnsilos der Vororte an unseren erstaunten Blicken vorübergezogen waren, kamen wir im Pariser Gare du Nord an, einem nicht gerade einladend wirkenden Bahnhof. Während der unerwartet freundliche Taxifahrer den Wagen geschickt durch den dichten Verkehr lenkte, und ich mehr schlecht als recht mit ihm auf Französisch ein Gespräch zu führen versuchte, erhielten wir einen ersten Eindruck des Straßenbildes mit den auffallend einheitlichen Häuserfassaden, den schmiedeeisernen Fenster- und Balkongittern, den Läden und Cafés.

Hotel Métropole Opéra. Vertrauenerweckend und geschmackvoll eingerichtet. Beinahe fühlte ich mich in diesem Jugendstil-Interieur in die Jahrhundertwende zurückversetzt, mit den verschnörkelten Samtpolstergarnituren, der zierlichen Holzvertäfelung, ornamentumrahmten ovalen Spiegeln.

Wir waren beide noch von der Fahrt ermüdet, als wir unseren ersten Erkundungsgang antraten; jedenfalls kamen wir kaum dazu, all die neuen Eindrücke in uns aufzunehmen, geschweige denn, sie zu verarbeiten. Erschöpft ließen wir uns auf der Terrasse eines Arkadencafés nieder. Eigentlich wollten wir nur eine Pause vor der Rückkehr einlegen, doch was zeigte sich nicht alles unseren Blicken, als wir uns neugierig umschauten: der Louvre, die weitläufigen Tuilleriengärten, die vielen Menschen ... Wir konnten der Versuchung nicht widerstehen, jetzt doch noch durch die barocke Anlage des Palais Royal mit seinen verlockenden kleinen Läden zu schlendern.

Von diesem und den folgenden Tagen blieb eine Fülle von Erinnerungen zurück; einige nur, die in eigenartiger Weise mit meiner Gemütsverfassung übereinstimmten, will ich wiedergeben. Natürlich übten viele Plätze, Straßen und Gebäude ihre Anziehungskraft auf uns aus. Doch mehr als alles andere ergriff mich Notre-Dame. Als ich die Fassade der Kathedrale zum erstenmal sah, war ich ein wenig enttäuscht: In dem ausgewogenen Verhältnis der horizontalen und vertikalen Linien erschien sie mir zu gedrungen, in ihrer regelmäßigen Überschaubarkeit fast langweilig; ich vermißte die gewaltigen Ausmaße und das Himmelwärtsstrebende des Kölner Doms. Aufgrund meiner nur geringen Architekturerfahrungen verglich ich rasch mit dem Wenigen, das ich kannte und als Maßstab nahm, und hatte daher flugs ein Urteil gefällt, statt das Neue zuerst einmal eigenständig auf mich wirken zu lassen. Beim wiederholten Betrachten des Bauwerks ging mir allmählich seine eigene Schönheit auf; ja, in seiner klaren und beruhigenden Harmonie kam es mir vollendeter vor als alles, was ich bisher an Kirchen gesehen hatte.

Im Inneren erlebte ich eine ähnliche Beeinflussung meines Gemüts wie erst vor kurzem im Kölner Dom. Dunkelheit umhüllte uns, nur durch die Fenster schimmerte gedämpft buntes Licht; um mich herum Geheimnis. Ein tiefes Gefühl der Geborgenheit, sogar so etwas wie Andacht erfaßte mich, der ich doch sonst der Religion gleichgültig gegenüberstand. Lag es vielleicht an den Chorälen, die von irgendwoher klangen; am Duft des Weihrauchs, der durch die Luft schwebte; am Geruch, den die alten Steine ausströmten? Oder trat noch etwas hinzu, das mit dem Bauwerk als solchem, vielleicht auch mit seinem Alter, zusammenhing? Begriffe wie Größe, Stille, Erhabenheit kamen mir in den Sinn; ich stellte mir vor, die Mauern hätten die Gebete, die Hingabe vieler Generationen von Gläubigen aufgesogen und strahlten sie nun fortwährend in den Raum hinein. Ob es Vater ebenso erging? Auch ihn hatte der Aufenthalt hier offensichtlich gerührt, und er war vollkommen einverstanden mit meinem Vorschlag, diesen Ort auch an den übrigen Tagen aufzusuchen.

Jardin du Luxembourg: Ein weiterer prägender Eindruck dieser ja nicht gerade sorgenfreien Reise. In der Nähe des Renaissance-Schlosses setzten wir uns auf eine Parkbank und ließen das Leben ringsum auf uns wirken. Familien, Liebespaare, Einzelne machten es sich in den Anlagen gemütlich, lasen Zeitung, spazierten im Sonnenschein; Kinder spielten am Brunnen oder liefen herum. Es tat den Augen wohl, den Blick schweifen zu lassen von dem Palais zu den Parkterrassen mit den hellen Steingeländern, auf denen Blumenkübel und Statuen miteinander abwechselten. Die Blätter der Kastanienbäume begannen bereits, sich an den Rändern rot zu färben. Ich geriet ins Schwärmen; es war einer der schönsten Augenblicke für mich, ich war dankbar, solches Glück erleben zu dürfen. Wie hätte ich es auch als selbstverständlich ansehen können, da doch die Schwäche mich nie ganz verließ, Niedergeschlagenheit und Verzweiflung mich immer wieder überfielen?

Abends dann ein Spaziergang auf dem Boulevard

Haussmann: überall pulsierende, flirrende, bunte Weltstadtatmosphäre; wohin das Auge auch blickte, seltsame Gestalten, Lichtreklame, spanische, skandinavische, englische, orientalische Restaurants, die einander in der Aufmachung überboten; im Dämmer der schwachen, altertümlichen Beleuchtung fühlten wir uns ins vorige Jahrhundert versetzt. Gemütlich daherschlendernd, vergaßen wir beide uns selbst.

Zum Ausklang setzten wir uns an eines der runden Tischchen eines Straßencafés, und während ich an meinem Rotwein nippte – Vater bevorzugte ein kühles Bier –, beobachteten wir die vorbeigehenden Menschen.

*

Unter Zeitdruck Proviant besorgen, Koffer packen, die Rechnung begleichen, Fahrpläne prüfen: Die Vorbereitungen für die Weiterfahrt nach St. Malo brachten mich wieder in große Verwirrung; ohne Vaters Hilfe hätte ich nicht mehr weiter gewußt. Erst als wir im Zug saßen, die Buttermilch-Tüten – meine Hauptmahlzeit – wohlverstaut im Gepäck, beruhigte ich mich.

Am Fenster zogen Landschaften vorbei, die mir langweilig und öde vorkamen. Im Augenblick konnte mich nichts erfreuen, mußte ich doch ständig an die noch bevorstehenden Anstrengungen denken. Vor uns saß ein junger Mann, der auf eimal unruhig und nervös wurde, sich ins Haar griff und uns irritiert anschaute. Ich wußte nicht, ob ich in Panik geraten oder darüber lachen sollte, daß die Buttermilch aus einer zerquetschten Tüte den Boden des im Gepäcknetz verstauten Koffers aufgeweicht hatte: Einerseits verunsicherte mich, daß die Organisation meiner Lebensmittelvorräte durcheinandergeraten war, andererseits wirkten das Erschrecken des Mannes und die durch unsere Schuld verursachte Aufregung zu drollig.

Auf dem Bahnhof von St. Malo angelangt, mußten wir unser Gepäck eine gute Strecke schleppen, ehe wir endlich ein Taxi fanden, das uns jedoch vor dem falschen Hotel absetzte. Später, in der richtigen Unterkunft, hatten wir zuerst mit der nervösen Directrice ein längeres Streitgespräch zu führen, da unser Raum noch nicht hergerichtet war. Als wir schließlich das Zimmer betreten durften, stand uns noch die Anstrengung des Auspackens bevor. Um mir zu helfen und Ordnung zu schaffen, stellte Vater die unversehrten Buttermilchtüten auf die Fensterbank, doch durch eine ungeschickte Bewegung stieß er eine der kostbaren Tüten aus dem Fenster. Jetzt konnte ich nicht mehr an mich halten und schrie los.

Vater wußte, daß in solch einer Situation Bewegung und frische Luft das Beste waren: Schnell und umsichtig räumte er den Rest des Koffers aus, dann brachte er mich dazu, mit ihm die Altstadt zu begutachten, „Intra Muros", in den Mauern: so genannt nach dem mittelalterlichen Festungsring aus Mauern, Türmen und Toren. Die schmalen Gäßchen, das Grün des Efeus, das sich an dem hellgrauen, trutzigen Gemäuer emporrankte, die wuchtigen Bäume – hier fühlte ich mich gleich behaglich. Das allgemeine Gewimmel, das Bunt der unzähligen kleinen Läden, der Terrassencafés, der Tavernen regten meine Stimmung an. Eben noch ein Bündel der Verzweiflung, erfaßte mich jetzt euphorische Daseinsfreude.

Am Strand beobachteten wir den Sonnenuntergang über dem Atlantik und konnten das Schauspiel der seidig schimmernden Farben nicht genug genießen. Ich sog die salzige Luft des Meeres ein, Möwengeschrei drang an mein Ohr; dazu rhythmische Klänge, die von irgendeiner Veranstaltung am Hafen herrührten. Später kehrten wir zum Marktplatz zurück, wo sich vorwiegend junge Menschen tummelten. Mit einemmal verspürte ich ein großes Bedürfnis, teilzuhaben an dem abendlichen Treiben, etwas aufzufangen von dieser Atmosphäre der Zwanglosigkeit und Fröhlichkeit. Aus verschiedenen Wirtschaften tönte Musik; Jugendliche feierten bei diesem herrlichen Wetter auf den Straßen; auf einem Platz spielte einer der jungen Männer Harmonium, während um ihn herum mehrere Paare tanzten.

In dieser Nacht geschah etwas Seltsames. Ich kann es mir nicht anders erklären, als daß der außergewöhnliche Zustand, in dem ich mich seit Beginn des Urlaubs befand und der heute seinen Höhepunkt erreicht hatte, mir den Schwung verlieh, innere Widerstände zu überwinden.

Zu unserem Reiseproviant gehörten einige Tafeln Schokolade, von der ich mir jeden Abend vor dem Zubettgehen als besonderen Genuß einen Riegel – nicht mehr! – gönnte. Auch diesmal ließ ich die Stückchen langsam im Mund zergehen. Aber statt wie üblich erschöpft einzuschlafen, fühlte ich mich so wach wie lange nicht mehr. Da überkam es mich wie ein Rausch; es war Trotz und gleichzeitig Entfesselung, ein ungeheurer Lebenswille, Gier nach einem Ersatz für all die Genüsse, die mir so lange versagt geblieben waren. Das von draußen hereindringende fröhliche Stimmengewirr hätte ohnehin den Schlaf vereitelt. Wenn dort unten gefeiert wird, gut, dann feiere ich hier oben auf meine Weise mit.

Ich aß einen zweiten Riegel zunächst noch langsam, den dritten schob ich schon ganz in den Mund und noch einen vierten hinterher, dann, immer unbeherrschter, riß ich das Papier auf und stopfte die Tafeln mit wenigen Bissen in mich hinein. Doch die Nahrung sättigte keineswegs, sondern fachte wiederum neue Lust an. Die Energiezufuhr war Zufuhr von Leben, in mir breitete sich ein heißes, heftiges Wonnegefühl aus. Leider hatte ich die Schokolade rasch vertilgt; was also fand sich noch an Proviant? Hatte ich einmal die Disziplin verloren, kam es ja doch nicht mehr darauf an. Voller Übermut braute ich mir mit Hilfe des Kaffee-Tauchsieders ein Menü aus Buttermilch und Grießbrei, den Mutter mir fürsorglich mitgegeben hatte. Mein Bauch füllte sich und fühlte sich bald prall an wie kurz vor dem Platzen, und im Darm rumpelte es.

Ich hatte mir eingebildet, nach dieser Orgie wieder wie früher weiteressen zu können, doch nun, da das Raubtier in mir entfesselt war, ließ es sich nicht mehr bändigen, im Grunde wollte ich es auch nicht. Daher zog ich am folgenden Morgen mit Vater von Geschäft zu Geschäft, von Konditorei zu Konditorei, um ausreichenden Nachschub für meinen unersättlichen Magen zu besorgen. Vater, der ansonsten jeglichen Einkaufsbummel verabscheute, legte diesmal eine bewundernswerte Geduld an den Tag. Bereitwillig trug er die Taschen mit der gekauften Schokolade, während auf den kurzen Strecken zwischen zwei Läden mein Vorrat wieder beträchtlich zusammenschrumpfte, wobei mir die Sonnenhitze, die das kostbare braune Gut zu schmelzen drohte, ein hervorragendes Alibi lieferte. Meine Befürchtung, der Anblick eines ständig kauenden und lutschenden Begleiters könne Vater erschrecken oder abstoßen, erwies sich als unbegründet. Tatsächlich war ich fast ununterbrochen mit Essen beschäftigt. Nachts lagen mindestens fünf Tafeln bereit, meinen Hunger zu stillen, der mich andernfalls am

Schlafen gehindert hätte. Wahrhaftig, mein Magen mußte wie der eines Pferdes sein, denn trotz der Berge an Süßem wurde mir nicht übel. Zwar belastete mich das Völlegefühl, doch im ganzen war mir ausgesprochen wohl zumute.

Auch in der Folgezeit war Schokolade das Wichtigste für mich. Kurz vor der Heimfahrt geriet ich fast in Panik, da es uns Mühe kostete, in dem kleinen Ferienort noch genügend von diesem köstlichen Labsal zu besorgen: Wir hatten fast alle Läden, deren es hier nicht wenige gab, leergekauft. Daß wir den Zug versäumten, konnte so schlimm nicht sein, irgendwann würde noch ein anderer fahren, doch wenn unterwegs die Schokolade ausginge, wäre das eine Katastrophe gewesen. Als wir schließlich in der Bahn saßen, genoß ich ruhigen Herzens die Rückfahrt, wußte ich doch, daß der Vorrat bis Düsseldorf ausreichen würde; solange ich einen Riegel in der Hand hatte, erfreute mich auch die vorbeirauschende Landschaft.

Zu Hause aß ich fleißig weiter und nahm dementsprechend an Gewicht zu. Ich kaufte mir jetzt Diabetiker-Schokolade, da Fruchtzucker bekanntlich eher abführend als stopfend wirkt. Die Eltern, hocherfreut über die Entwicklung, versorgten mich reichlich mit Nachschub; was bedeuteten schon die anfänglichen Kreislaufstörungen, da ich doch dem Schlimmsten entronnen war?

*

Doch auch die Schlemmerei mußte einmal ihr Ende finden. Die Vorstellung, eines Tages einem Ballon zu gleichen, war mir unerträglich; außerdem dämmerte mir, daß nicht nur Appetit oder Hunger mich fortwährend zum Essen verleiteten, sondern eine Sucht, der ich zwar die Besserung meines körperlichen Zustands zu verdanken hatte, die sich aber früher oder später wie jede Sucht an meiner Gesundheit rächen würde. Vor allem aber empfand ich es als unwürdig, einem Trieb derart unterworfen zu sein, daß alles übrige, was menschliches Dasein ausmacht, für mich zur gleichgültigen Nebensache wurde. Mußte ich daher nicht den Eßtrieb bekämpfen und versuchen, die Nahrung schrittweise wieder einzuschränken? Doch dabei bestand die Gefahr, ins andere Extrem zu verfallen. Mit dem Abnehmen des einen Übels würde das andere wieder wachsen. Ich war hilflos, weil kein Instinkt mir sagte, wieviel Nahrung ich wirklich brauchte.

Was sollte ich machen? Was wollte ich überhaupt? Ich wußte nur eines sicher: Ich wollte leben, teilhaben an einer Welt, die solchen Reichtum vermitteln konnte, wie ich ihn kürzlich erlebt hatte. Aber leben mit einer so verletzlichen Seele, einem gequälten Körper, entgleisten Trieben, ruhelosen Gedanken? Falls ich mich dem Leben stellen, nicht bloß resignieren und dahinsiechen wollte, würde das täglichen Kampf bedeuten, jahraus, jahrein.

IX.

In meiner Schulklasse lernte ich bald einen Mitschüler näher kennen, Matthias, von dem ich schon vorher gehört hatte, er sei ein Bibelstreiter und religiöser Eiferer. Wie erstaunt war ich daher, als dieser Kämpfer sich als zurückhaltender, fast schüchterner junger Mann entpuppte, der unter seinen Klassenkameraden wegen seiner freundlichen und hilfsbereiten Art allgemein beliebt und geschätzt war.

Die Freundschaft, die sich zwischen uns entwickelte, war geprägt von einem sich stetig vertiefenden Vertrauensverhältnis. Mit Matthias konnte ich ohne Scheu über Themen sprechen, die ich anderen gegenüber lieber nicht anschnitt. Wie leuchteten oft vor Begeisterung seine Augen, wenn er ein Erlebnis schilderte oder seine Meinung erläuterte und dabei, im ständigen Kampf mit der widerstrebenden Sprache, ein wenig umständlich und unbeholfen nach Ausdrücken suchte. Ebenso gerne, wie er selbst erzählte, hörte er auch mir zu, ja ermutigte mich, frei von der Seele zu reden, und gab mir durch Zwischenfragen zu verstehen, wieviel ihm an meiner Person lag. Sein Mitempfinden ging so weit, daß sein Gesicht einen Ausdruck ehrlichen Entsetzens annahm, als ich ihm meine Krankheit zu beschreiben versuchte.

Fast immer, wenn wir beide zusammen waren, ging für mich etwas Tröstliches von ihm aus. In seiner Gegenwart verloren meine eigenen Nöte an Bedeutung, berichtete er doch häufig von vielen schwer Erkrankten in seiner Gemeinde; sicher leiden viel mehr Menschen, dachte ich, als gemeinhin angenommen wird, unter unerklärlichen Ängsten.

Wieder fragte ich mich, ob ich nun endlich den ersehnten Freund gefunden hatte. Meine Erfahrungen rieten mir, keine zu großen Erwartungen zu hegen, obwohl mir sicher schien, daß wir uns auf „gleicher Wellenlänge" befanden. Als ich Matthias darauf ansprach, meinte er zurückhaltend, nur ein Medium für Gottes Liebe zu sein; doch dann räumte er ein, selbst überrascht festgestellt zu haben, wie schnell er sich mir mit seiner Lebensgeschichte und seinen innersten Gedanken anvertraut habe.

In seiner Kindheit und Jugend hatte er es nicht leicht gehabt: Die früh verwitwete Mutter hatte für den Lebensunterhalt sorgen müssen, so daß das Kind von Anfang an auf sich selbst gestellt war. Soweit Matthias sich zurückerinnern konnte, hatte ihm stets seine Kränklichkeit zu schaffen gemacht; auch jetzt noch litt er fast ständig unter einer Vereiterung der Nebenhöhlen, doch nahm er alles mit einer erstaunlichen Gelassenheit – die ich bei mir selbst vermißte – und blieb auch freundlich, wenn ihm wieder einmal elend zumute war. „Die Kraft hierzu", erklärte er, „kommt von anderswoher, nicht aus mir, sondern aus dem Herrn." So war es nicht verwunderlich, dass wir häufig über seinen Glauben sprachen.

*

Auf einer Wanderung im Bergischen Land – die Luft war für die späte Jahreszeit ungewöhnlich mild – erzählte ich Matthias von meinem eigenen religiösen Werdegang; von meinem Kinderglauben und der selbstverständlichen Existenz des Lieben Gottes. Ich schilderte ihm, wie ich in der Schulzeit, ebenso wie meine Kameraden, diesen Glauben überwunden hatte; schließlich glaubten wir auch nicht mehr an Märchen, aber es war doch interessant gewesen, über ein Prinzip Gott oder irgendein höheres Wesen zu diskutieren. Während meiner Goethe-Lektüre hatten diese Fragen mich zum erstenmal ernsthaft beschäftigt. Die Vorstellung, das Wirken des Göttlichen offenbare sich hauptsächlich in der Natur, in den Erscheinungen des Vergänglichen, hatte etwas Verlockendes an sich. Im übrigen, meinte ich, solle doch jeder seinem Gott begegnen, wie es ihm gemäß sei, jeder Mensch und jedes Volk entsprechend seiner eigenen Mentalität; für mich zeigte er sich eben im Wunder der Schöpfung und in der Kunst. Mit Goethes Hilfe fiel mir die Hinwendung – oder besser Rückwendung – zur Religion nicht schwer, kam er doch, indem er sich häufig mit diesem Thema auseinandersetzte, meinem eigenen Bedürfnis entgegen: nach tieferem Verständnis des Lebens, auch des Leides, und nach geistiger Verankerung.

Matthias freute sich ehrlich, daß ich, in gewisser Weise, wieder zum Glauben gefunden hatte; aber dieser weiche – er druckste ein wenig herum – in vielem von der Heiligen Schrift ab. Sie zeige uns klar, daß alle Menschen durch und durch sündig und verdorben seien, doch der Herr Jesus in seiner unermeßlichen Liebe und Güte habe uns gerettet. Aber wieviele wollten ihre tiefe Sündhaftigkeit nicht einsehen?

Fehler und Schwächen kenne ich bei mir selbst reichlich, gab ich zu. Aber andererseits steckt doch auch viel Gutes in jedem Menschen, jedenfalls meinte ich dies festgestellt zu haben. Und wir können sicher daran arbeiten, daß das Schlechte in uns nicht überhand nimmt. Wie schwer diese Arbeit sein konnte, und daß vieles einem geschenkt wird, wußte ich aus eigener, oft schmerzlicher Erfahrung. Mein Motto, nach Goethe: „Wer immer strebend sich bemüht, den können wir erlösen."

Matthias verzog schmerzlich sein Gesicht: „Gerade

durch das Einflößen solcher Ansichten wirkt Satan. Hat nicht Paulus in Römer 8, 26 gesagt: ‚Ebenso nimmt der Geist sich unserer Schwachheit an'? Wir Menschen sind aus eigener Kraft zu schwach, doch brauchen wir, um dem Verderben zu entgehen, nur das Erlösungswerk in Anspruch zu nehmen. Die meisten Menschen aber sträuben sich, dies anzuerkennen. Um keinen Preis wollen sie zugeben, daß sie Götzen anhangen und ihr Glaube der falsche ist."

Ich staunte. Mir schien eher, daß viele dem christlichen Glauben schlichtweg gleichgültig gegenüberstanden, daß es ihnen gar nicht in den Sinn komme, einen Kampf mit Gott auszufechten. Und was war mit denen, die in anderen Kulturkreisen aufwuchsen, in anderen religiösen Traditionen?

Matthias schaute mich mit großen Augen an: „Aber wir haben doch die Schrift! Da steht die Wahrheit doch drin!"

Etwas verblüfft hörte ich ihn dann vom kommenden Gericht erzählen: „Deuten nicht viele Zeichen darauf hin, daß die Endzeit naht? Flugzeugabstürze, Hungersnöte, Flutkatastrophen, Erdbeben; der Staat Israel wurde zum zweitenmal gegründet, und in der Europäischen Gemeinschaft haben sich die ‚Zehn' vereint! Wir leben in einer Welt der Unordnung, der Sünde, der Auflehnung, die sich immer weiter ausbreiten; ja, die Zeit der Bedrängnis ist gekommen."

Diese Gedanken befremdeten mich; sie schienen mir überspannt und abseits der geschichtlichen Wirklichkeit. Auf die Bibelzitate konnte ich allerdings kaum etwas erwidern, da die Heilige Schrift bisher nicht gerade zu meiner bevorzugten Lektüre gehört hatte.

*

Die Versammlung fand in einem schlichten, holzver-
kleideten Saal statt. Etwa 30 überwiegend ältere Personen
trafen sich hier jeden Mittwoch- und Sonntag-Nachmittag
zur Wortbetrachtung, bei der auch Besucher gerne gesehen waren, während zu der Anbetung am Sonntag-Vor-
mittag Gäste und Ausgeschlossene nicht zugelassen wurden.

Matthias hatte mich schon ein wenig auf diese Zusam-
menkünfte vorbereitet: „Wundere dich nicht, daß die
Frauen im hinteren Teil des Raumes sitzen, sie müssen in
der Versammlung schweigen. Sie müssen auch eine
Kopfbedeckung tragen und dürfen ihr Haar nicht
schneiden lassen. Paulus hat nämlich in 1 Korinther 11
gesagt: ‚Jede Frau, die mit unverhülltem Haupt betet,
entehrt ihr Haupt' und ‚Trägt aber die Frau langes Haar,
gereicht es ihr zur Ehre, denn das Haar ist ihr als Schleier
gegeben.' "

Von Anfang an überkam mich in dieser Gemeinde ein
Gefühl des Unbehagens, der Beklemmung, das ich mir
zunächst nicht erklären konnte, zumal alle mir freundlich
begegneten und sich offensichtlich um mich bemühten.
Außer dem, was Matthias mir von diesen Menschen be-
richtet hatte, wußte ich doch nichts Näheres über sie.
Sollte ich nicht versuchen, nicht vorschnell zu urteilen?
Vielleicht fühlte ich mich abgestoßen von den drei oder
vier sichtlich Kranken, die teilnahmen. Matthias hatte mir
gesagt, gerade den Geschwistern sende der Herr oft besonders schwere Prüfungen. Vielleicht war ich auch vor-
eingenommen wegen einiger Äußerlichkeiten: der ein
wenig altmodischen Kleidung etwa oder der kurzgeschnittenen Frisuren der Männer.

Die meisten Anwesenden machten auf mich einen selbstbewußten und mit ihrem Dasein zufriedenen Eindruck, mit Ausnahme einiger Frauen, die, wie Matthias mir später erklärte, unverheiratet waren. Im großen und ganzen wirkten diese Menschen bescheiden, anständig und bieder.

Nachdem wir mehrstimmig ohne Instrumentalbegleitung alle sieben Strophen des Liedes „In diesem düsteren Erdental" gesungen hatten, saßen wir eine Weile schweigend und warteten darauf, welchem der Brüder heute die Gabe des Redens geschenkt werde. Schließlich trat Bruder Alfred, ein stämmiger Mann mit kräftiger Stimme, an das Rednerpult.

„ ,Und Jehova wird hindurchgehen, die Ägypter zu schlagen; und sieht er das Blut an der Oberschwelle und an den beiden Pfosten, so wird Jehova an der Tür vorübergehen und wird dem Verderber nicht erlauben, in Eure Häuser zu kommen, um zu schlagen.'
Was sagt uns diese Stelle aus dem Auszug der Israeliten aus Ägypten im Zweiten Buch Mose? Welche Belehrungen und Ermahnungen enthält sie?"

Leider konnte ich die erste Hälfte der Rede Bruder Alfreds kaum verfolgen, da ich wegen der schlechten Saalbelüftung müde wurde; doch horchte ich überrascht auf, als er vom Verderber sprach. Dieser, so erfuhren wir, war der Würgeengel, der umging, um die Auserwählten zu sondern von den Schuldigen.

„Und der Würgeengel, das ist unser Herr Jesus. Er prüft auch dich! Gehörst auch du zu denen, die gerettet werden? Läßt auch du den Herrn in dein Herz hinein? Bist auch du wirklich ein wahrer Christ?
Blut haben die Israeliten an die Türpfosten gestrichen. Sie

haben die Anweisung des Herrn befolgt, und der Herr hat sie verschont. Die Ägypter haben nicht auf den Herrn gehört, und Er hat sie bestraft. Der Herr will, daß auch du auf Ihn hörst. Du darfst dich nicht gegen Ihn auflehnen. ,Denn um dieser Dinge willen kommt der Zorn Gottes über die Kinder des Ungehorsams', sagt Paulus in Epheser 5, 6.

Woran erkennen wir einen echten Christen? Er befolgt die Anweisungen des Herrn. Er liest auch immer die Bibel. Er läßt sich nicht von weltlichem Vergnügen und von Wissenschaft und Philosophie verführen. Die Schrift sagt uns auch ganz deutlich, daß der Mann das Haupt der Familie sein soll. Aber die Frau will ihren Platz verlassen. Wie Eva es auch getan hat. Damit fällt sie in Sünde und bringt Kummer in die Familie. Immer verstoßen wir alle gegen die Ordnung des Herrn. Auch du, denn du willst dich nicht unterordnen. Aber der Herr sieht in deine Seele. Er ist der beste Psychologe. Und wenn du verhärtet bleibst, aus bösem Willen, dann kann Er dich nicht retten. Und wenn der Herr kommt, dann ,wird Heulen und Zähneknirschen sein'.

Wir müssen umkehren. Denn ,viele sind berufen, aber wenige sind auserwählt'. Wir müssen Blut an unsere Türen streichen. Das Blut, das ist unsere Liebe. Dann wird der Würgeengel vorbeigehen und uns nicht heimsuchen. Dann wird der Herr uns führen aus Ägypten und wird uns reiche Segnungen schenken."

*

Um Matthias' willen wollte ich viele meiner Bedenken nicht wahrhaben; mit der Zeit aber sträubte mein Instinkt sich immer heftiger, ich gestand mir ein, was mich an der Gemeinde störte, erzählte Matthias allerdings nichts davon. So konnte ich die Verurteilung von Kunst, Literatur,

Theater, überhaupt alles Weltlichen als Werk des Bösen, als Verführung, nicht mit meiner Sehnsucht nach Lebensfreude und Schönheit in Einklang bringen. Sollte denn das Sinnenhafte bereits Sünde sein und alle Schöpfung nur von Gott ablenken und ins Verderben ziehen? Nein, das konnte ich nicht glauben: Gott hatte doch diese Welt mit all ihren Schönheiten nicht geschaffen, um uns von ihr fernzuhalten!

Mein innerer Widerstand wuchs, als ich erfuhr, daß die Gemeindemitglieder einander überwachten, ob auch jeder die Gebote einhalte. Wurden Verstöße vermutet, mußte dies in der Gemeinde gemeldet werden; sodann suchten die beiden angesehensten Brüder das verirrte Schaf auf, um es auszuforschen und ihm ins Gewissen zu reden, denn Jesus hatte in Matthäus 18 gesagt: „Wenn aber dein Bruder sündigt, dann gehe hin und stelle ihn unter vier Augen zur Rede. Hört er nicht auf dich, dann nimm noch einen oder zwei mit dir, damit auf die Aussage von zwei oder drei Zeugen hin jede Sache festgestellt werde."

Viele, so schien mir, fühlten sich jedoch in der Gemeinde nicht beengt, sondern sogar geborgen, und wären ohne sie hilflos gewesen. Das war wohl einer der Gründe, weshalb man den Ausschluß aus der Gemeinde so fürchtete, der bei groben Verstößen gegen die Schrift drohte.

Bedenklich stimmte mich auch das Mißtrauen dieser Menschen gegenüber dem Denken und Fragen, mochte es nun in der Theologie, der Philosophie oder der Wissenschaft erscheinen oder sich in persönlicher Kritik und Zweifeln äußern. Ich konnte nicht verstehen, warum vernünftige Überlegungen als sündhaft angesehen wurden, als Auflehnung gegen Gott. War der Verstand eine uns verliehene Fähigkeit, die wir brachliegen lassen sollten?

Und dennoch: Matthias war mir in mancher Hinsicht, gerade auch in religiöser, Vorbild, was wohl nicht zuletzt daran lag, daß er als Mensch, als Persönlichkeit großen Eindruck auf mich machte. An sein eigenes Leben legte er strenge Maßstäbe an und bemühte sich nach Kräften, es nach den Grundsätzen seines Glaubens auszurichten. Selten bin ich einem Menschen begegnet, der wie er seine eigenen Fehler so schonungslos selbstkritisch aufdeckte, selten auch einem, der ein so bescheidenes und anspruchsloses Leben führte. Als ich ihm einmal zu verstehen gab, daß ich ihn bewundere, wehrte er ab: Gerade in den letzten Monaten sei er eigenwillig und ungehorsam gewesen.

Aber noch entscheidender als Matthias' persönliches Beispiel war für mich, daß mir durch die Gespräche mit ihm plötzlich ganz klar wurde, daß der christliche Glaube etwas entscheidend anderes war als eine Privatreligion je nach Geschmack und Eigenart und etwas anderes als eine Weltanschauung, daß er nicht in das Belieben des einzelnen gestellt war. Mit einemmal sah ich rückblickend, daß sich alles so fügen mußte: Die Öffnung zur Transzendenz durch Goethes Schriften; die daraus folgende Erkenntnis, wie verkürzt das materialistische, naturwissenschaftliche Menschenbild des 19. und 20. Jahrhunderts war; mein Ergriffensein im Kölner Dom und in Notre-Dame: Das alles hatte mich zwangsläufig dem christlichen Glauben näher gebracht. Konnte ich nicht sogar in meiner Krankheit Gottes Wirken ahnen?

Durch Matthias erfuhr ich nicht zuletzt, was es bedeutet, daß hinter allem ein großer Plan steht. Vielleicht hatte alles, was mir zustieß, seine Richtigkeit. Diese Ahnung vertiefte sich, gerade aufgrund meiner Krankheitserfahrungen, mehr und mehr zur inneren Gewißheit.

Hierdurch ermutigt, versuchte ich mit Gott – oder vielmehr zu Ihm – zu sprechen, indem ich, ohne eine Antwort zu erwarten, meine Nöte beschrieb. Ich bat um mehr Gelassenheit und um größere Nachsicht den anderen gegenüber, denen ich oft verübelte, daß sie mich nicht verstanden. Und häufig – nicht immer – erfuhr ich einen Frieden, der mir eine Wegstrecke weiterhalf, nicht um das Leid herum, aber durch es hindurch.

X.

„Möchtest du es nicht doch einmal mit der Heilpraktikerin versuchen?" Mutters Argument, Tante Elvira sei in
wenigen Wochen von ihrer Allergie befreit worden, wollte mich nicht so recht überzeugen, zumal es mich immer
schon verdrossen hatte, daß so viel Aufhebens um Tante
Elviras Beschwerden gemacht wurde. Ich wußte, ein Versuch würde mich viel Kräfte kosten, denn mit zwei, drei
Behandlungen war es sicher nicht getan – doch ich wollte
mir nicht später einmal den Vorwurf machen müssen,
nicht alles unternommen zu haben, um wieder gesund zu
werden.

Vor mir saß eine energische und muntere Vertreterin
aus der Zunft der Naturheilkundigen. Sie war überzeugt,
daß die Heilung nur noch eine Frage der Zeit sei; die
Möglichkeit eines Mißerfolges schien für sie ausgeschlossen zu sein. Ihre Zuversicht teilte sich auch mir mit, so
daß ich mich fragte, warum ich nicht schon längst diesen
Weg beschritten und mich in die Obhut eines Heilprakti-
kers begeben hatte.

Wenn Frau Severin betonte, die Ganzheit des Organis-
mus müsse behandelt werden, nicht einzelne Organe
oder gar nur Symptome, so leuchtete mir dies ein. Manche ihrer Ausführungen über Heilkräfte und Wirkungs-
zusammenhänge erschienen mir zwar etwas sonderbar.
Aber war es denn erforderlich, daß ich alles verstand? Es
erleichterte mich doch, wenn mir jemand die Last der
Verantwortung für die zu treffenden Maßnahmen ab-
nahm und mir Orientierung gab.

Die Fülle moderner Apparate in der Praxis verwun-
derte mich allerdings ein wenig; gerade bei einer Naturheilkundigen hatte ich mit einer solchen Ausstattung

nicht gerechnet. Frau Severin berührte verschiedene Punkte meiner Hand mit dem Sensor eines der Geräte, um die Energie in den einzelnen Körperteilen zu untersuchen; dabei stellte sie fest, daß der ideale Energiewert von vierzig nur selten erreicht wurde; bei Hypophyse, Dickdarm, Bauchspeicheldrüse und Milz schlug der Zeiger besonders schwach aus, ein deutlicher Hinweis auf erhebliche Funktionsstörungen dieser Organe. Unterschiedliche Heilmittel, auf eine Metallplatte des Gerätes gestellt, führten zu einem höheren oder niedrigeren Ausschlag und zeigten damit den Grad ihrer Eignung für die Heilbehandlung an. Zwar gelang diese Prozedur nicht immer auf Anhieb und mußte manchesmal wiederholt werden, aber das schien Frau Severin nicht im geringsten zu irritieren. Außerdem empfahl sie mir, meine Quarz-Armbanduhr nicht mehr zu tragen, da sie die Energieströme und damit meine Gesundheit ungünstig beeinflusse.

Als der Erfolg auch nach mehrmaligem Wechsel der Heilmittel ausblieb und weder Magnetpflaster noch das Ziehen eines Zahns, der die Ursache eines Störfeldes sein sollte, Besserung brachten, geriet mein Vertrauen in die Heilpraktikerin ins Wanken. Sie jedoch zeigte sich unerschütterlich optimistisch, selbst noch, als die computergesteuerte Eingabe genau errechneter Kraftströme in meinen Energiekreislauf mit ihrem neuesten Gerät sich als Fehlschlag erwies. Doch ihr Einfallsreichtum war noch keineswegs erschöpft. Sie gab mir die Adresse von Annegret Meyer, einer Geistheilerin; ihr solle ich von meinen Beschwerden schreiben, sie werde mir sicher weiterhelfen können, vielleicht sogar über Fernkontakt.

Frau Meyer antwortete auf meinen Brief mit einem kopierten Schreiben: Auf längere Sicht habe sie etliche Termine wahrzunehmen, daher empfehle sie, bei Herrn Wolfering, dem regional zuständigen Geistheiler, um Hilfe nachzufragen. Auch Herr Wolfering war, wie sich seiner ebenfalls vervielfältigten Mitteilung entnehmen ließ, mit Arbeit überlastet.

„Doch Ihr Hilferuf soll nicht ungehört verhallen. Ich lade Sie herzlich ein, allmorgendlich um 5.00 Uhr am Weltheilgebet teilzunehmen. Viele Tausende aus allen Erdteilen und Gläubige aller Religionen machen bereits mit: Alle zusammen spannen ein heilendes geistiges Band um den Planeten, geben anderen Hilfe und empfangen dafür selbst Heilung. Bereits die Juden des Alten Testaments kannten das Gesetz des Zehnten: ‚Wer gibt, erhält das Zehnfache an guten Gaben zurück.‘ Beten Sie für die Gesundheit anderer, und durch die kosmischen Gesetze, die unser Leben regieren, werden Sie selbst gesund. Schalten Sie sich ein in die heilende Gebetskette. Richten Sie Ihren Blick nach Osten, breiten Sie beide Arme aus und senden Sie Ihre heilenden Energien in die ganze Welt hinaus. Stellen Sie sich vor, wie die göttliche Schwingung von Ihrem Herzen, dem Zentrum der Liebe, ausgeht, wie sie durch Ihre Hände ausstrahlt, wie sie in die Kranken einströmt und ihre Körper und Seelen mit Vitalkraft stärkt, wie sie schließlich in diesen Menschen wieder Heilungsschwingungen erzeugt, die zu Ihnen zurückstrahlen. Fühlen Sie nicht, wie die warme Liebesflut der vielen geistheilenden Beter sich über die Weiten aller Länder ergießt, hungrige Menschenherzen sättigt und kranke Körper erleuchtet? Gib, und du wirst reichlich empfangen.“

Frau Severin gab nicht auf: Viele waren schon durch die Änderung ihrer Einstellung weitergekommen; daher drückte sie mir ein Buch über die Kraft positiven Den-

kens in die Hand. „Wissenschaftliche Untersuchungen",
so stand darin zu lesen, „haben gezeigt, daß Optimisten
glücklicher leben und seltener erkranken als unsichere
Menschen, die ständig an sich selbst zweifeln und sich
nichts zutrauen. Positive Gedanken setzen ungeahnte
Kräfte frei, die die Heilung fördern; wer überzeugt ist, gesund zu werden, wird eher seine Krankheit überwinden
als derjenige, der schon ängstlich auf Schmerzen lauert.
Wie meine Gedanken sind, so entwickelt sich auch mein
Leben: Sehe ich meinen Erfolg im Geist vor mir, so bin
ich auch schon auf dem besten Weg in eine erfolgreiche
Zukunft. Denke ich dagegen schlecht von mir und
meinem zukünftigen Leben, so ist dies sogar Gottes-
lästerung."

Der Autor erklärte verschiedene Übungen, mit deren
Hilfe der Leser lernen konnte, positive Gedanken zu ent-
wickeln und negative zu überwinden: So etwa sollte er
sich entspannt und mit geschlossenen Augen eine
schwarze Tafel vorstellen, auf der mit Kreide seine nega-
tiven Eigenschaften geschrieben standen; diese hatte er
nur mit dem Schwamm auszulöschen und stattdessen
deutlich und einprägsam das Erstrebte hinzuschreiben.
Also: Pessimismus, Schwäche, Jammern auslöschen – Le-
bensbejahung, Freude, Kraft hinschreiben.

Und tatsächlich: Seitdem ich jetzt positives Denken
übte, spürte ich, daß es mir besser ging. Für die Dauer
von zwei Wochen. Dann ließ die Wirkung nach. Fehlte
mir die Ausdauer, um die Übungen durchzuhalten? Ich
mußte mir jedenfalls meine Enttäuschung eingestehen:
Im Grunde hatte sich nichts geändert. Mit meinem
Zweckpessimismus, der mich zumindest vor unangeneh-
men Überraschungen bewahrte, hatte ich bisher die
Schwierigkeiten besser bewältigt als mit einem Optimis-

mus, der nur kurzzeitig bestätigt wurde.

*

Endlich, teilte Frau Severin mir freudig mit, sei es soweit, Frau Meyer habe persönlich zugesagt, einen Vortrag im Haus des Deutschen Ostens zu dem Thema
„Geistheilen" zu halten.

Um Frau Severin nicht zu verletzen, ging ich hin. Das
Publikum setzte sich vorwiegend aus Menschen mittle-
ren Alters zusammen, auch einige Jugendliche waren an-
wesend. Als die Angekündigte, eine unauffällige ältere
Dame, den Saal betrat, verstummten sogleich die Gespräche, und nur ab und zu hörte man ein scheues Flüstern;
offenbar kannte ein Großteil der Anwesenden Frau
Meyer bereits. Diese begann nun zu berichten von den
verschiedenen Welten oder Ebenen, die einander durch-
dringen: von der grobstofflichen oder physischen, uns allen bekannten, der feinstofflichen oder Astral- sowie der
feinststofflichen oder Ätherwelt. Deshalb haben wir Menschen auch drei Körper, einen physischen, einen astralen
und einen ätherischen, wobei die beiden letzteren unserer
Psyche und unserem mentalen Geist entsprechen. Jeder
dieser drei Leiber kann erkranken, was sich bei dem
astralen in seelischen Störungen, beim ätherischen in
Charakterfehlern ausdrückt.

Stirbt ein Mensch, so gelangt er in die Astralwelt, die
wir Himmel zu nennen pflegen; dort wird er umgeben
sein von wunderbaren Lichtern und Tönen, wie wir sie
uns in der grobstofflichen Welt gar nicht vorzustellen
vermögen. Hat dieser Mensch in seinem Leben gegen die
kosmischen Regeln verstoßen, so wird er nach einiger
Zeit in unserer niederen Ebene wiedergeboren werden
und erhält erneut Gelegenheit, sich zu läutern und sich

dadurch von dem schweren irdischen Dasein endgültig zu befreien. Ebenso kann auch der Astralmensch aufsteigen in den Ätherhimmel.

Sie selbst, bekannte Frau Meyer, habe die Fähigkeit, die beiden feineren Leiber des Menschen in Form einer Aura zu sehen und aufgrund ihrer Farbe und Ausdehnung körperliche und seelische Krankheiten sowie charakterliche Schwächen zu diagnostizieren. In zahlreichen Fällen sei es ihr bereits gelungen, durch die Ausstrahlungen ihrer Hände auf die Aura einzuwirken und damit Krankheiten zu heilen.

Aufmerksam hatten alle ihren Worten gelauscht. Die meisten schienen entzückt zu sein, mit Ausnahme eines jungen Mannes, der zweifelnde Fragen stellte und dadurch Irritation und Befremden bei den Anhängern auslöste; Frau Meyer beantwortete die Fragen nur kurz; sie habe nicht ausreichend Zeit, die Probleme jetzt eingehender zu beleuchten.

Als wir den Saal verließen, wandte ich mich an ein junges, schmächtiges Mädchen, das neben mir gesessen hatte und mir durch ihre kaum verhohlene Entrüstung aufgefallen war: Was hielt sie von der Geistheilerin?

„Vieles war vergröbert, sogar verfälscht. Ich selbst habe mich etwas mit der östlichen Weisheit befaßt und glaube, Frau Meyer wirft da einiges durcheinander. Nur von einem einzigen Menschen habe ich bisher klar und verständlich erfahren, was die östlichen Weisen wirklich sagen wollen: von meinem Guru."

„Deinem Guru?"

„Ja, weißt du, er hat schon vielen Menschen auf der ganzen Erde die höchste Form des Yoga gelehrt. Ich selbst hatte auch das Glück, ihn kennenzulernen. Nicht persönlich natürlich ... nur durch seine Bücher. Übrigens: Einmal in der Woche treffe ich mich mit Eingeweihten in einer Gruppe zum gemeinsamen Meditieren. Unser Ziel ist, Gott näher zu kommen."

Es klang wie eine Einladung. Anja hatte mir die ganze Zeit in die Augen geschaut.

„Probier es doch einfach mal aus. Jeden Donnerstagabend halten wir unseren Meditations-Gottesdienst."

Sie richtete einen flehentlichen Blick auf mich. Ich war verwirrt, und ehe ich recht zur Besinnung kam, hatte ich schon zugesagt.

Es stellte sich heraus, daß sie im Westflügel von Schloß Benrath, über dem Naturkunde-Museum, eine kleine Wohnung hatte, wo auch das nächste Yoga-Treffen stattfinden sollte. Ich wunderte mich, daß wir uns nicht schon früher gesehen hätten, immerhin sei der Stadtteil doch nicht so groß und anonym. Und in der Gegend des Schlosses ginge ich oft spazieren.

Anja lachte. „Ausgerechnet das Schloß. Mein Vater ist dort Kastellan. Bin erst vor 'n paar Monaten dahin gezogen, Papa hat mir die Wohnung besorgt, vorher wohnte ich bei meiner Mutter in Aachen."

Wir nahmen gemeinsam die S-Bahn nach Benrath. Während der Fahrt erzählte Anja mir freimütig, daß ihre Eltern seit acht Jahren geschieden seien. In letzter Zeit hatte sie sich gar nicht mehr mit ihrer Mutter verstanden, dafür um so besser mit ihrem Vater. Vor kurzem, nach Abschluß der Höheren Handelsschule, hatte sie eine Ausbildung als Finanzbeamtin begonnen.

Als wir uns getrennt hatten und ich durch den Schnee

nach Hause stapfte, stieg doch ein gewisses Unbehagen in mir auf. Sollte ich meine Teilnahme an dieser Meditationsveranstaltung nicht lieber absagen? Dem östlichen Gedankengut stand ich ja doch eher ablehnend gegenüber; ich dachte dabei nicht nur an Jugendsekten, meditierende Pop-Stars und das ganze modische Getue, sondern auch an die Gespräche mit der Heilpraktikerin und den soeben gehörten Vortrag. Abgesehen davon, daß mir diese Dinge ein wenig abwegig vorkamen, widersprachen sie auch zu sehr meinem eigenen Lebensgefühl. Und wie sollte sich das Östliche mit meiner neugewonnenen Einstellung zum Christentum in Einklang bringen lassen?

Andererseits wollte ich Anja gerne wiedersehen. Sie war mir sympathisch. Jedenfalls hatte ich nichts Zickiges an ihr bemerkt, was mir sehr angenehm aufgefallen war. Und was diese Yoga-Geschichte betraf: Möglicherweise hatte ich bisher nur Auswüchse und Verfälschungen fernöstlicher Religiosität kennengelernt. Vielleicht war ich auch zu intolerant, wie es mir erst kürzlich ein Klassenkamerad in einer Diskussion vorgeworfen hatte, als ich gegen ein freies Christentum ohne Kirche argumentiert hatte. Außerdem beruhigte ich mich mit Anjas Hinweis, auch Paulus und die Urchristen hätten, wie der Bibel zu entnehmen sei, Yoga-Praktiken geübt, später dann die großen christlichen Mystiker, vor allem Meister Eckehart. Ähnliches hatte ich von einem Mitpatienten auf „Psycho I" gehört. Damals hatte ich es für Spinnerei gehalten, für eine krankheitsbedingte Äußerung. Aber wenn Anja das gleiche sagte, erschien diese Äußerung in einem anderen Licht. Ich wußte zu wenig darüber, um es widerlegen zu können.

*

Es war das erste Mal, daß ich an einer Meditationsfeier teilnahm. Wir – ein etwa 40jähriger Mann als Vorbeter, vier ältere Damen, ein Student, Anja und ich – saßen in dem abgedunkelten Wohnzimmer mit geradem Rücken auf Stühlen, der Student im Lotossitz auf dem Boden; vor uns ein als Altar dienendes Tischchen, auf dem ein von einer Blumengirlande geschmücktes Bild des Guru stand, beleuchtet von mehreren Kerzen. Vor braunem Hintergrund umgab ein kaum erkennbarer Strahlenkranz das Haupt, als sei dem Fotograf das Glück beschieden gewesen, einen normalerweise unsichtbaren Heiligenschein in einem seltenen Moment auf den Film zu bannen. Rechts und links des Portraits standen Vasen mit Blumensträußen; Duft von Räucherwerk durchzog den Raum.

Schweigend bereiteten wir uns auf den eigentlichen Beginn der Feier vor, indem wir versuchten, auch innerlich still zu werden und alle störenden Gedanken zu verbannen. Anja hatte mich natürlich, ehe sie mich in den Gebetsraum, ihr Wohnzimmer, geführt hatte, entsprechend instruiert. Nach etwa zehn Minuten ließ der Vorbeter ein langgedehntes „Ooooohhhmmmmmm" ertönen, worauf wir anderen ebenso antworteten. Gemeinsam beteten die Anwesenden zu Gott und dem Guru, dabei auch einer langen Reihe vorhergehender Gurus gedenkend und vor jedem sich verneigend. Begleitet von den Klängen eines Harmoniums wurde dann ein Lied gesungen, „Selig in der Morgenröte", wobei einige sich im Takt auf ihren Stühlen hin- und herwiegten. Die fremdartigen, monotonen Tonfolgen wirkten durch die ständige Wiederholung auf mich eher einschläfernd. Auch wenn ich die Musik nicht als schön empfand, hinterließ sie doch ein wohliges Gefühl in mir. Ich merkte, wie meine innere Anspannung nachließ.

Zwanzig Minuten lang, sagte der Vorbeter, sei jetzt Gelegenheit zur Yoga-Meditation. Er mahnte uns, die Aufmerksamkeit nicht sinken zu lassen, damit die Schwingungen innerhalb der Gruppe nicht gestört würden. Ich selbst konnte natürlich noch nicht richtig meditieren; nur der amerikanische Gesandte des Guru, der erst in einigen Monaten seine nächste Europa-Missionsreise durchführen sollte, war befugt, willige Schüler in die geheime Technik einzuweihen. Anja hatte mir jedoch empfohlen, den Blick ungezwungen auf das geistige Auge zwischen den Augenbrauen zu richten, vielleicht würden mir allein dadurch schon wunderbare Lichtvisionen zuteil. „Ich weiß, du zweifelst daran, ich sehe es dir an", hatte sie mir zugeflüstert, „aber laß dich überraschen, sei einfach offen ..."

So saßen wir ruhig da, es war so still im Zimmer, daß ich nicht wagte, mich zu rühren. Etwas Eigenartiges geschah: Ein feines, kaum zu beschreibendes Gefühl des Friedens kam über mich; mir war, als ob dieser Friede von den anderen ausstrahle und wie ein unsichtbarer Stoff den Raum erfülle. Sollte dieses Gefühl vielleicht doch ein Anzeichen dafür sein, daß ich mich auf dem richtigen Weg befand, Gottes Gegenwart wahrzunehmen? Denn darum ging es ja in der Meditation: Gott persönlich zu erleben als ewige Glückseligkeit, Ihn sich zu eigen zu machen. In Wahrheit, so Anja, bin ich eins mit Ihm, bin ein Funke der Sonne, ein Tropfen des Ozeans Gottes. Nur Maya, die kosmische Täuschung, läßt mich glauben, ich sei identisch mit meinem Körper oder der Seele oder dem Intellekt. Meditation ist der Pfad, der aus diesem Irrtum heraus und zur Unendlichkeit führt. Das Ziel: Einswerdung mit dem Urgrund allen Seins.

Befreiung von den störenden Sinneseindrücken sowie von den Wünschen, die die Seele an den Leib fesseln, konnte nur die richtige Meditationstechnik garantieren, die seit alters vom Meister auf den Schüler überliefert wurde. Ob ich wohl in der Lage sein würde, die Technik auch richtig auszuüben? Eine Stunde oder länger stillzusitzen? Schon jetzt merkte ich, wie die Körperhaltung meine Blähungen verschlimmerte; meine Krankheit würde also ein großes Hindernis auf dem Weg zu Gott sein.

Als ich später mit Anja, die mir mitfühlend zuhörte, über meine Schwierigkeiten sprach, erklärte sie mir: „Es hört sich für dich sicher hart an, aber es ist nun einmal so: Deine Probleme sind wahrscheinlich auf ein Fehlverhalten in einem vergangenen Leben zurückzuführen. Wegen des karmischen Gesetzes von Ursache und Wirkung erntet jeder in Form von Glück oder Unglück, was er an guten oder schlechten Taten gesät hat. Auch die Bibel warnt schon: ‚Wer das Schwert erhebt, soll durch das Schwert umkommen.‘ Vielleicht tröstet es dich, daß dir künftige Leben wieder Gelegenheit bieten zu verwirklichen, was dir diesmal nicht möglich ist." Sie beeilte sich jedoch, hinzuzufügen: „Aber erst mal wollen wir natürlich sehen, was sich in deinem jetzigen Leben noch geradebiegen läßt – vielleicht kann ich dir dabei helfen." Und sie, die offensichtlich keinerlei körperliche Beschwerden hatte, lächelte bezaubernd, während mir die Blähungen fast die Luft zum Atmen nahmen. Doch dann blickte sie mich für einen Moment ernst an und streichelte mich an der Schulter.

Der Gedanke, den sie da eben geäußert hatte, irritierte mich nun freilich doch: Ich leide und muß mir dann auch noch sagen, ich hätte mir aufgrund früherer Fehltritte oder Verbrechen dieses Leid selbst zuzuschreiben. Noch mehr Schuldgefühle also.

*

Wieder ertönte ein langes „Ooohhh-mmmmmm" und rief uns in den Zustand des Wachbewußtseins zurück. Meine rechte Nachbarin zuckte zusammen: Sie hatte schon seit einigen Minuten ein leises Schnarchgeräusch von sich gegeben.

Der Vorbeter las einen vom Guru verfaßten Text vor:

„Die Beziehung zwischen dem Guru und seinem Schüler beruht auf einer jahrtausendealten indischen Tradition, sie reicht zurück in die Zeiten der Rishis, der edlen Weisen, die sich als erste die Frage stellten, was hinter dem Dunkel der geschlossenen Augen zu finden sei. In der Bhagavad Gita tritt uns mit Ardschuna und seinem Wagenlenker Krischna das berühmte Beispiel einer engen Bindung zwischen Guru und Jünger entgegen. In gleicher Weise waren die Zwölf Apostel die Schüler Jesu, und Christus selbst erkannte in Johannes dem Täufer seinen Guru aus einem früheren Leben wieder. Jesus sagte von ihm: ‚Und wenn Ihr es annehmen wollt, er ist Elias, der kommen soll.' – Matthäus Kapitel 11 Vers 14. Christus wiederum hieß in seinem früheren Leben Elischa.

Krischna, Jesus und Mohammed gehören zu den gotterleuchteten Männern; harte geistige Schulung in vielen vorhergehenden Leben war erforderlich gewesen, bis sie die Meisterschaft über sich selbst erlangt hatten. Sie halfen denen, die ihnen nachfolgten, auf ihrer göttlichen Suche, und wiesen ihnen den Weg, ihr himmlisches Erbteil zu erlangen. Jesus nahm sogar den Tod am Kreuz auf sich, um schlechtes Karma seiner Jünger zu tilgen.

Was zeichnet nun das Verhältnis zwischen dem Guru,

wie wir ihn in vorbildlicher Weise in Christus sehen, und dem Jünger aus? Hier wäre vieles zu nennen, vor allem aber die gegenseitige Treue. Der Guru kann den Schüler nur dann zu Gott führen, wenn dieser ihm bedingungslos Gehorsam leistet. Nimmt der Meister den Jünger endgültig an, so wird er in unerschütterlicher Treue über den ihm Anvertrauten wachen und ihm auch in künftigen Leben geistige Zuflucht gewähren. Unsterblich ist das Versprechen des Guru! Nichts in der Welt kann mit seiner Liebe verglichen werden, weder die Liebe zwischen Eltern und Kindern, noch die Liebe zwischen Eheleuten.

Dankbar erinnere ich mich der wunderbaren Jahre mit meinem eigenen Guru. Schon durch seine bloße Anwesenheit wurden wir Schüler in die Lage versetzt, tief aus dem ewigen Brunnen geistiger Wahrheit zu trinken. Von seinem himmlischen Wesen floß ein beständiger Strom göttlicher Liebe und Kraft in unsere Seelen, stärkte und tröstete uns. Er vermittelte denjenigen, die geistig genügend weit fortgeschritten waren, die tatsächliche Erfahrung – und nicht nur ein theoretisches Wissen –, daß sie vollkommene Seelen sind. Er zeigte uns das göttliche Ziel und die Pfade dahin: Philosophie, tätiges Leben, Nächstenliebe und Yoga-Meditation. Die ersten drei Wege sind mühsam und führen nur langsam heraus aus der kosmischen Täuschung. Doch die Meditations-Techniken helfen uns mit größter Sicherheit, Gott für uns zu verwirklichen. Wir müssen uns nur entschließen!

Das Wunderbare ist, daß der Schüler die gleiche Vollkommenheit erlangen kann wie sein Meister. Mit Hilfe der erlösenden Techniken, die dieser ihm geschenkt hat, wird er in seine göttlichen Fußstapfen treten. Doch muß auch der Jünger sein Treueversprechen einhalten; zwar wird des Guru ewiger Segen für immer auf dem einmal Angenommenen ruhen, aber Treulosigkeit des Schülers läßt ihn aufgrund eines karmischen Gesetzes in den nächsten vier bis fünf seiner folgenden Leben geistig in die Irre gehen.

So wollen wir uns immer die Bedeutung des Guru vor Augen halten: Er schenkt uns den Schlüssel, der die Tür zum Reich der Glückseligkeit aufschließt; er wacht über uns, wenn wir Gott in der Burg des inneren Friedens suchen; er freut sich mit uns, wenn wir ihn schließlich finden."

Der Lesung folgte nochmals eine Meditation von zwanzig Minuten. Ich spürte, wie schwer es mir schon allein wegen meiner körperlichen Beschwerden fiel, für etwas längere Zeit ruhig zu sein; andererseits ahnte ich doch, welchen Gewinn an Verinnerlichung das Heraustreten aus der ständigen Unrast mit sich bringen konnte. Bedauerlich, dachte ich, daß in den Gottesdiensten der christlichen Kirchen so wenig Raum für Stille gelassen wird.

Die Feier war vorbei. In den meisten Gesichtern sah ich ein entrücktes Lächeln. Schweigend verließen wir das Zimmer; durch unbedachtes lautes Reden, so hatte der Vorbeter gewarnt, werde der göttliche Nektar aus dem Honigtopf der Seligkeit verschüttet.

Als Anja mich zur Tür brachte und verabschiedete, sah sie mich fragend an. Ich war mir unsicher und tat, als bemerkte ich es nicht. Da sagte sie ohne Umschweife: „Ich fände es schön, wenn wir uns wiedersähen ... nicht nur zum gemeinsamen Meditieren." Mein Herz schlug mir bis zum Hals, und vermutlich strahlte mein Gesicht wie ein Scheinwerfer.

*

Von jetzt an sahen wir uns anfangs zwei- oder dreimal

in der Woche, schließlich täglich. Ich konnte es kaum fassen, aber ich war tatsächlich verliebt. Mehr noch: Ich liebte Anja, und sie, auch dies für mich kaum begreiflich, liebte mich. Ich war doch ein Krüppel, ein Wrack, und dennoch liebte sie mich. Körperlich war ich geschwächt, seelisch verwundet, und dennoch liebte sie mich. Sie konnte mit mir nicht angeben, ich war für anstrengendere Unternehmungen nicht zu gebrauchen, Karriere würde ich wohl nie machen, und dennoch liebte sie mich. Sie war jung und vital, ich kam mir wie ein Greis vor, und dennoch liebte sie mich. Sie nahm sich meiner nicht aus Mitleid an, oder aus Trotz dem Schicksal gegenüber, oder um mich zu bemuttern oder zu pflegen, sondern: sie liebte mich einfach.

Zugegeben: Ein wenig änderte ich mich schon. Nicht nur daß ich verliebt war und liebte, ich wurde auch fröhlicher, manche Verhärtungen und Bitterkeiten lösten sich auf, meine Angst trat etwas in den Hintergrund, wenn sie auch nicht verschwand. Offenbar war doch viel Wahres dran an dem Sprichwort mit der geteilten Freude und dem geteilten Schmerz. Die einfache Tatsache, daß es ein geliebtes „Du" gab, ließ neue Kräfte in mir wachsen und verleitete mich dazu, mich nicht überwiegend mit mir selbst zu beschäftigen.

Trotz ihres Strebens nach „geistiger Vervollkommnung" und „spirituellem Fortschritt", das einen großen Raum in ihrem Leben einnahm, sah sie mich und die Liebe zu mir doch als das Wichtigste an.

Wir sprachen viel miteinander, über ihre Verwundungen durch die Scheidung der Eltern, über meine Krankheit. Wir diskutierten über Gott und die Welt, und waren durchaus nicht immer derselben Meinung. Endlich hatte ich einen Menschen gefunden, der ein wenig tiefer fragte und sich nicht, wie ich es damals überheblich formuliert hätte, „mit Banalitäten und Belanglosigkeiten" zufrieden gab.

Wie oft spazierten wir händchenhaltend durch den Schloßpark, der „gleich nebenan" lag, meistens am späten Nachmittag oder frühen Abend. Bei jedem Wetter drehten wir unsere Runden durch das Gehölz und die Gärten, und selbst bei Schneegestöber und Wolkenbrüchen stapften wir die Wege und Pfade entlang. Die Hauptachsen, die vor allem an Wochenenden von Besucherströmen bevölkert waren, mieden wir und bevorzugten die schmaleren Nebenwege, wo wir nur selten jemandem begegneten.

*

„Ich glaube, ich schaffe es nicht ...". Anja blieb stehen und sah mich traurig an. Wir waren bei unserem heutigen Rundgang im Rondell des Parks angelangt, dem Zentrum des Waldteils, und konnten uns nun für einen von acht Wegen entscheiden. Gestern noch war die Luft angenehm frisch gewesen, doch heute drückte sie, und am Himmel zogen schwere schwarze Wolken und ließen den baldigen Ausbruch eines Gewitters vermuten. „Es will einfach nicht werden."

Ich deutete auf eine Bank. Wir setzten uns. In unserem Rücken, jenseits des Parks und der Pigageallee, der träge Rhein, von dem her jetzt nur selten und wie hinter einer Glaswand die Signaltöne von Schleppkähnen zu hören waren.

„Dein Weg zur Vollkommenheit?"

Anja nickte. „Es geht einfach nicht weiter ... Als ich

vor einem Jahr zu der Gruppe stieß, da hatte ich eine ganze Reihe geistiger Erfahrungen. Sicher, menschlich gab es einige Enttäuschungen, ich mußte einsehen, daß ich nicht von lauter Heiligen umgeben bin, die haben alle ganz schön ihre Macken ... na ja, wie andere Menschen eben auch. Das hat mich zwar ein wenig ernüchtert, aber irgendwie ging es doch vorwärts, oder besser: aufwärts. Aber jetzt ... diese Leere. Stillstand. Nein, Rückschritt."

„Du bist im Moment nicht gut dran! Und das Wetter. Und ..."

„Ist ja lieb von dir, aber ich glaube, es ist was anderes. Was Tieferes. Ich kann es nicht genauer sagen. Irgendwie habe ich fast den Eindruck, die Gleichung ‚Yoga gleich geistiger Fortschritt‘ geht nicht so ganz auf. Aber das kann einfach nicht sein!" Sie klang sehr niedergeschlagen.

„Du weißt, ich habe da so meine Vorbehalte mit deinem Yoga-Weg. Aber die betreffen mich zum großen Teil persönlich, wenn ich teilnehme an den Meditationen: Mein Bauch spielt nicht mit, die Blähungen ... und es ist immer so furchtbar anstrengend. Aber fast jedesmal spüre ich: Da ist was Besonderes. Da wird ein Bereich gestreift, der über das Vordergründige weit hinausreicht. Da wird ... eine Tiefe im Menschen angesprochen, die mehr sucht als Partys, Autos und gutes Essen ... Da werden Werte berührt: Aufrichtigkeit ... Einsatz für andere ..."

„Und weiter?" Anja sah mich ängstlich an.

„Gerade das fasziniert mich ja auch daran. Und es betrifft mich ganz persönlich. ... Du weißt ja – und kaum jemand kennt mich da so gut wie du –, daß das Grundgefühl meines Lebens Angst ist; kaum eine Minute, daß sie mich losläßt. Irgend etwas hat mich aus meiner sicheren Mitte geworfen. Möglich, daß eine Veranlagung für diese Krankheit vorgelegen hat, und dann hat ein schreckliches Erlebnis in meiner Jugend sie ausgelöst. Inzwischen bin ich aber überzeugt, daß diese Erklärung nicht ausreicht. Ich glaube, da kam noch etwas anderes hinzu, ohne das ich vielleicht gar nicht krank geworden wäre, oder doch glimpflicher davongekommen: die geistige Verwirrung, die Orientierungslosigkeit."

Ich hatte mich so richtig ins Thema hineingeredet.

„Was zählt heute? Unabhängigkeit, ‚gesunder‘ Egoismus, Befreiung, Selbstverwirklichung; mehr als einmal haben Therapeuten mir empfohlen, Bindungen zu Freunden oder den Eltern zu lockern und mich nicht zu sehr zu ‚fixieren‘. Die Anspruchsvolleren setzen noch einen drauf und reden von der Verlogenheit der Werte, von Heuchelei, Illusion, schönem Schein: Wer wahrhaftig sein will, darf z.B. Schönes nicht mehr gestalten! Sieh dir doch an, was in unserem Jahrhundert ‚Kunst‘ genannt wird."

„Ja, es ist zum Kotzen."

„Genau. Und eben das, was dabei herauskommt, wird als Ausdruck künstlerischen Willens definiert. Alles ist irgendwie ‚absurd‘. Sehr aufbauend, besonders für Kranke."

„Auf der anderen Seite dann der falsche Optimismus", nahm Anja den Faden auf. „Alles ist planbar und machbar. Die Wissenschaft wird es schon richten. Irgendwann, eines Tages."

„Planbar. Lachhaft. Wie oft ist mein eigenes Planen gescheitert, und auch heute muß ich mich oft von Stunde zu Stunde schleppen und darf, wenn ich nicht verzweifeln will, gar nicht an das Morgen denken. Die zukünftige selbstgeschaffene schöne und heile Welt – das ist doch alles Ideologie, so eine Art Ersatzreligion von Leuten, die nur die Materie anbeten, die alles Tiefergehende leugnen und die einfach nicht wahrhaben wollen, daß es in der rein äußerlichen Welt, in ihrer Scheuklappenblickwelt, niemals dauerhaft ein Paradies geben kann. – Komm, laß uns weitergehen."

Wir standen auf und gingen Richtung Urdenbach.

„Gut, ich stimme dir voll zu, für mich ist das keine Frage. Aber du wolltest etwas zu Yoga sagen."

„Du hast recht, bin etwas abgeschweift. Aber es hat viel mit dem zu tun, was ich eben sagte. Im Grunde ist deine Überzeugung mir so sympathisch, weil es für dich – und die Leute deiner Gruppe – noch echte Inhalte gibt. Weil du dich nicht mit der reinen Oberfläche zufrieden gibst. Ich glaube, sonst würde ich dich auch nicht so sehr lieben."

Anja umarmte mich. Wir blieben minutenlang so stehen und gingen dann schweigend Arm in Arm weiter.

„Ich habe das Gefühl, du wolltest noch etwas Kritisches zu der ‚Gruppe' sagen."

„Na ja ..." zögerte ich. „Was ich eben sagte, meine ich ganz ehrlich. Aber es gibt da noch was ..."

„Nun rede schon. Ich bin ein erwachsenes Mädchen."

„Da ist das eine oder andere, das in mir ein schales Gefühl hinterläßt. Manches ist vielleicht einfach nur Geschmacksache: wenn mir die Lieder oder Bilder in deiner Gruppe zu süßlich vorkommen. Anderes erscheint mir persönlich lieblos, obwohl deine Leute doch immer von

Liebe reden: vor allem die kalte und erbarmungslose Gesetzmäßigkeit des Karma. Die Barmherzigkeit, die Jesus verkündet und fordert, ist mir ehrlich gesagt lieber. Auch wer bei ihm erst in letzter Minute ‚dazustößt‘, kann gerettet werden. Aber am Gravierendsten scheint mir zu sein, daß der Yogi anstrebt, gleichsam in sein größeres Ich aufzugehen. Er sieht sich als einen Tropfen Gottes und will im göttlichen Ozean eintauchen. Da stehen sich eigentlich nicht zwei Liebende gegenüber, ein Du und ein Ich, sondern beide sind im Grunde ... identisch. Anja, ich will dir wirklich nicht Unrecht tun, ich weiß, du strebst das Beste an, aber ... das Ganze kommt mir vor wie ...“

„... wie übersteigerter Egoismus ...“ Anja blickte mich ernst an. Ich meinte, in ihrem Gesicht Schmerz zu erkennen.

„Nein ... oder doch, ja, genau so würde ich es sagen.“ Mich plagte das schlechte Gewissen, und dennoch hatte ich den Eindruck, richtig gehandelt zu haben. „Zumindest, würde ich sagen, ist die Gefahr riesig, nur noch Nabelschau zu betreiben. Und im Inneren überheblich zu werden, weil man ja ein ‚Teil‘ Gottes ist.“

Wir bogen ab. Vor uns lag das Ende des langen Spiegelweihers. An seinem anderen Ende wirkte das Schloß klein wie eine Villa. Schweigend gingen wir, Hand in Hand, darauf zu.